向大地认领故乡

余君才 著

金城出版社
GOLD WALL PRESS
·北京·

图书在版编目（CIP）数据

向大地认领故乡 / 余君才著. —北京：金城出版社有限公司，2023.1
ISBN 978-7-5155-2388-0

Ⅰ. ①向… Ⅱ. ①余… Ⅲ. ①散文集－中国－当代 Ⅳ. ①I267

中国版本图书馆CIP数据核字（2022）第214480号

向大地认领故乡

作　　者	余君才
责任编辑	欧阳云　彭洪清
责任校对	王秋月
责任印制	李仕杰
开　　本	710毫米×1000毫米　1/16
印　　张	17.5
字　　数	200千字
版　　次	2023年1月第1版
印　　次	2023年1月第1次印刷
印　　刷	天津旭丰源印刷有限公司
书　　号	ISBN 978-7-5155-2388-0
定　　价	42.00元

出版发行	**金城出版社有限公司**　北京市朝阳区利泽东二路3号 邮编：100102
发 行 部	(010) 84254364
编 辑 部	(010) 64210080
总 编 室	(010) 64228516
网　　址	http://www.jccb.com.cn
电子邮箱	jinchengchuban@163.com
法律顾问	北京市安理律师事务所　（电话）17600603461

序一

恩典与回望

余君才是近年来颇受关注的一位青年才子，在很多报刊上，都可以读到他的作品。其中相当一部分作品，已经走进了各种权威选本，走进了中学教辅读物和试卷，特别是在近年来，多篇文章入选了二十多个省市中高考语文模拟试题库，形成了非常广泛的读者群，这足以见证余君才不俗的写作实力和水平。这次，他向我们奉献出的这本书，是他的最新创作，也是他精品力作最为集中的全新展示。

追忆把人无数次拉回到曾经出发的地方。凝坐的时候，孤独的时候，一件件往事，一个个曾经让人牵肠挂肚的人，便在心里浮现。这时候，回忆就如昙花一样开放了。那些年少时候的故事，回望中的记忆尤其令人牵挂。回忆是需要浇灌的，有人用酒，有人用一个又一个穿越千山万水的电话，有人却是在用文字浇灌记忆和乡愁。余君才既是一个在南方城市闯荡的游子，又是一位才情四溢的作家。当我们在生活的陌路上四处奔波的时候，往往情不自禁地会在内心里向着最初出发的地方，情深意切地回望。而这和回望，又往往会让人产生一种焦虑感和虚空感，并且形成旷日持久的饥渴式的想念，试图寻找一种慰藉，让我们的内心安静下来，并且得以安顿。

余君才的这本《向大地认领故乡》，正好回应了人们内心深处的呼喊，对少年情怀的念念不忘，对回不去的故乡的怀念，和对城市生活的深思，对那些记忆深处的日子的回忆，那些从生活中顿悟的人生智慧，让我可以在某个时刻安静下来，让他的文字伴随着我们度过一段时光，然后再出发。

每一个人的回忆，都有很美好的时光。在作者的少年时代，每一个黄昏和清晨，都曾经用故乡和亲人把我们包围着。而我们在记忆里留下的脚印，似乎都还残留着我们的体温。但是，事实上，这些丝丝缕缕的体温，其实也就是我们在生命里对人生、对生活、对故乡、对亲情等的美好记忆。

君才写下的这些文章，正好验证了这种特殊的体现存在，也正好验证，人间值得。

在他的笔下，他以点点滴滴的形式，从不同的侧面，在或长或短的文字里，向我们展示了他的城市，他的故乡，他的生活，他的亲人，他年少时的林林总总，他的殊途陌路，他的城市生活和情怀。

记得当时年纪小，你爱谈天，我爱笑。这些都是他生命里的切肤感受。通过阅读这样的诗意、温暖、干净、朴素、典雅而又略带着一些忧伤的文字，我们看到了一个作家用他最真挚的声音，深刻的思考，理想的追寻，以及作家心中的少年记事。

同时，我们也看到了太多感同身受的记忆，在他的文字里被一一复原。正是这样的一些文字，让我们可以在那些事物与情景、过程与细节、时代与背景里，看到曾经被我们疏远了的、模糊了的、遗忘了的许多年少的往事。而这一切，都是中国乡村曾经一直存在的，并且坚守了数千年，是我们这个民族共同的故乡。相比于当下，这些余君才笔下的林林总总，显得非常珍贵了。

当我们行走在通往城市的路上，泥土的气息被喇叭声所湮没，那才是不久之前的事情。而在这样的转型时期，很多乡村和故乡，我们是回不去了。余君才的这本集子里的文章里所呈现出来的文字，正是与我们所有的人一起，通过各自的努力，竭尽一个作家所能，留下一些珍贵的记忆。

在余君才的这本《向大地认领故乡》里，不仅仅让我们感受到了时代的巨变，也感受到了浓浓的亲情和深思。他更是用他深刻的思考和不断的追寻，引发人们的共鸣。

他通过自己的文字，用一篇篇散文，或诗意的挥洒，或深情的抒发，或理性的笔触，或对时代的深刻把脉，让我感觉到了作者对于这种时代巨变留下的内心体验，以及时间在行走中留给我们的恩典。也正是这些涌动着作者血液、夹杂着作者心跳、携带着作者体温的文字，不动声色地告诉我们，在新的道路上，在新的光阴里，我们的身上承载了许多鲜活的人生际遇、秉性和气质。它们将带着我们走向新的远方。

但是，不管走向哪里，生命最初出发时的憧憬与祝福，人生最初的美好和纯真依然存在。不管生活过去了多久，历经了怎样的人生故事，我们都还得认真生活。不管走了多远，经历了怎样颠沛流离的生活，我们都可以向大地认领故乡。

如果你还有行囊，那么就请带上余君才的这本书，一起出发吧。

是为序。

陈洪金

作家，中国作协会员，云南省作协理事

生存体证的『认真』功夫带我们去掌握自己的命运

余君才是一位优秀的散文家，近年也介入诗歌写作。他文字的灵动和篇章的完美结构，已在全国范围内产生重要影响。特别是他的散文，不仅发表在《人民日报》《散文》等重要刊物上，而且屡次被多个省市选为中考语文阅读模拟题或统考题，这都可看出他所得到的认可和被广泛接受。

在我看来，余君才的散文是可以成为当代年轻的写作者的学习范本的，他有些篇章是可以传之久远的。我是因为诗歌而认识余君才的。他是我的老乡，川人的个性和才华，在他这里有着鲜明的体现。他是坦率而真诚的，他的文字是灵性而细腻的。据我所知，余君才诗歌写作也是成绩斐然。他在写作中不懈探索，用新的诗歌文体来表达他熟悉的散文文体中的相关主题，赋予了其新的生命形态。

故乡、土地、麦田、草木、山林等都借着他的散文和诗篇说话，让已经被城市的高楼拥挤压制的城里人再次感受到精灵在山野草木中的自由穿行。这也是我在赞扬广州的诗歌群落生态时所说的，当代广州诗人已经获得了一种现代性的自觉，以及对于所处城市的身份和文化使命的自觉，为这个城市接引历史和灵魂，在大地的脉动中重植其生存基础。

就君才的散文而言，我曾经读到他的《每一朵雪花都认真飘落》，这是一篇具有典范意义的现代散文作品。作者写的雪花，是写物，也是写人，是以雪花喻人，写出了一种生命的精神和态度。一片雪花关联着天空和大地、微小和宏大、自然和人事、寂静和声响，一朵雪花里蕴藏着一个世界，因缘无处不在，由近及远，又由远及近。

这篇散文，从身边和日常生活的近处写起，从回忆儿时的一场大雪开始，作者记不清楚那场回忆中的雪什么时候开始下的，但他清楚地记得母亲在半夜里翻身和咳嗽的声音，母亲帮自己盖好棉被，自己在雪夜里对这个世界的感知，母亲在夜里去割麦地里的杂草。他永远忘不了那场雪，它牵连着家乡的土地、母亲的劳动和庄稼的收成。

随后，作者写到了，随着自己的长大，在书里读过很多写雪的场景，“风雪山神庙”的那场与林冲性命攸关的雪，《红楼梦》里那场落尽繁华掩去了所有人命运的雪，唐代诗人笔下的乡村的雪。无论读过多少有关古人写雪的经典场景，都始终让他回到和母亲相关的那场雪，在风雪夜里劳作归来的母亲，让所有的雪都有了母亲的劳作和对自己的爱。

作者在自己的生命历程中漂泊天南海北，还见过不同的雪，不同的人和事。在雪花下的每个人，大多和自己也和自己的母亲一样“过着自己平凡的生活，经历自己的人生”，“一切都是那么稀松平常”，“好像从来都没被人们发现过”。“但，每一朵雪花都认真飘落”，每一个人都是一朵雪花，他们都像雪花一样去走自己人生的旅程。在这里，作者就将雪花和生活中的人和事的感悟融为了一体，进入了哲学的层面，理解了一个真谛，“自然的万物都有自己的生存定律”，“随风而坠的人生，虽然贵贱殊途，但都可以改变自己的命数，……可以选择不同的方式飘落”，作者由此进入了人生命运的沉思。

在作者看来，“每一朵飘落的雪花都有属于自己不同的命运”，“每一位认真生活的人都是掌握着自己命运的人”，“一如在那个在风雪夜里劳作归来的我的母亲”。白雪和夜晚、年幼的我和年迈的母亲、在家乡的感受和在他乡飘落中的体验，那些具有张力的关系，或有着时空的背反感的生命存在，都被关于“一朵雪花”的命运或“一场雪”的记忆关联了起来，这一切都落脚于无论是雪花还是人生的“认真”二字上。人生最怕的就是“认真”，只有“认真生活的人”，才是“掌握着自己命运的人”。

余君才的一些诗歌写作也是如此，他的散文也是如此，都是他认真生活和认真体验的艺术创造的结晶，他时时让自己纯粹精神的世界在他认真的功夫体证中落到实处。一种自证自得的精神修炼，就通过借助现世里的劳作和诉诸文字的反思，而得以向自己也向世人呈现出来，而这也让他这篇关于雪的写作，有如王阳明的龙场悟道，感应到了万事万物的根本，那就是来自于心的觉知与身体力行的修行功夫。

我想，余君才的这部散文作品集的出版，也可以看作是他的关乎内心觉悟的生命体证和当下现实的修行功夫的见证。在他的写作中，就不仅仅是文学的辞采，而是有了自我个体也关系着他人与世界的生命的历史，以及由这生存历史而来的哲悟。余君才的作品，就建构出了他的文学的缘域，各种因缘条件聚集又消散的化于天地和万物的世界。

当然，以作者的实力，他将还有更广阔的拓展空间，那就是去更多维度地展现情感、世事、人生和生活，还可以有更多具体的东西被关注和书写。余君才的散文和诗歌已带给我们很多，他已获得了在文学中的属于他自己的位置，他的未来还值得我们更多期待。

何光顺

文学博士，教授，中国文艺评论家协会会员

2022 年 9 月 19 日 于成都

序三

意境苍凉，哲思幽远

第一次读余君才，是在《散文选刊》上，其间我也正在创作一篇有关父爱的文章《寄出那一份牵挂》。可能都出生农村，都有相似的父亲和相同的经历与感受吧，他的《流泪的蓑衣》深深地引起了我的共鸣。随即，我大段引用了他的文字：“那件蓑衣，被我的父亲挂在老屋的土墙上……落满了灰尘与时光的碎片……蓑衣躲在老屋的角落哭了。顺着土墙，有蓑衣哭泣的泪痕……像一件精致的蝴蝶标本……这让我想起父亲披着蓑衣，在田间地头里辛勤劳作的日子。让我想起，父亲披着蓑衣，赶着牛从乡村的土路上回家的日子。让我想起，饭熟之后，在山坡上呼喊父亲，寻找那披着蓑衣的身影的日子。”余兄精妙地捕捉到了那种对父亲与乡村极其细微的真实感受。

因为体会太相似，似乎我们有着相同的父亲，那种亲近感一下子拉近了我和余兄的距离。于是我百度“余君才”，读他的博文，居然在他的博文中读到了刊发我那篇《寄出那一份牵挂》的日报电子版。然后找到了他的QQ，就这样我们开始了神聊。虽迄今仍未晤面，却感觉神交已久。

余兄比我小，却果然诗人气质与男儿本色。我们常常互发文章交流写作体会。这本书《向大地认领故乡》给了我无限惊喜，又呈现出了一个写作体系，让我分享了一位颇具潜质的优秀诗人在散文领域同样卓越的文思与哲想，是这个酷暑中的一泓清泉，那份浓浓的书香氤氲、醇醇的诗意弥漫、幽幽的意境苍凉、密密的亲情怀抱、怅怅的歌声萦绕，让人清爽一夏。

余兄的散文有着一份浓浓的书香氤氲。我喜欢读书人，自然特别喜欢爱读书的诗人或散文家。余兄就是这样的一位君子。他在《乡村的夜》中说："我喜欢在静夜里，读一本书，读托尔斯泰、读沈从文，我将那些细密而温暖的感受都付诸文字，将那些黑夜都写进了我生命的诗行。"读余君才久也，你自然就会爱上阅读。

余兄的散文有着一份醇醇的诗意弥漫。君才兄是诗人出身，能在大学寝室的一张苇席上与同学读海子，读博尔赫斯等。早在读书期间就办过"四人诗展"。这本散文集，几乎整本集子都充满了诗意。

余兄的散文有着一份幽幽的意境苍凉。读余君才，你会很轻易地想象出那个自我陶醉的读者，那个独行独品独悟的思者。余兄能很轻松地用简笔稍加勾勒，那份幽幽的苍凉意境便出现在读者的眼前。简洁的语言是一种思想，更是一种智慧。尤其是我爱死了那一篇《火车穿行在川东土地上》，"炊烟升起在黄昏的村庄""车窗外飘过的一个个草垛""那些在水田里扑腾扑腾低飞的不知名的鸟"等，简直就是一幅幅醉人的风景画。

余兄的散文有着一份淡淡的哲思包围。哲思独感有如莽莽草原上散落的花，有了这样的花文章就蕴味无穷。"夜里的风吹得更紧了，我脱下外套给父亲披上，在夜里寂静无人的城市的街道上，我更像是父亲，父亲更像是儿子。"(《父亲的手推车》)这样的语句，读来美美的，又怅怅的，让人心生怜惜。

余兄的散文有着一份密密的亲情怀抱。王国维在《人间词话》中引尼采语评后主之词："一切文学，余爱以血书者。"在余兄所有的散文中，吾独最爱的是他写父母亲情及思念故乡的文章。我认为，这是他用血写就的，是他集子中的精华与神韵所在，尤其是他对父亲独到的体悟。道理很简单，源自于他的真诚与真爱。因为真，所以切。这与季羡林"散文的精髓在于真情"的观点是一致的。《父亲的手推车》中那个挚爱穿草鞋却绝不让儿子穿草鞋，到了大城市还躲着去捡纸皮和塑料瓶卖，借散步悄悄去火车站帮人拉行李被警察误抓、被哥哥认为出丑像犯了错误的孩子似的父亲，就是传统的老父慈父形象。《流泪的蓑衣》《乡村的夜》等都是妙手偶得的作品！我常爱不释手，并多次将其用作现代文阅读理解题的选文。

读余君才，常常让我想到沈从文与汪曾祺。虽然余文不像沈汪师徒文章那样平和冲淡，但一样鄙弃了宏大的叙事方式，将作品的视角转移到日常生活，将日常生活经过回忆与情感渲染的发酵，提升到诗情雅趣的审美层次，营造出了诗意化的审美境界。黄裳在《故人书简》中说，汪曾祺在文学上的贡献是"打通"，着力于打通诗与小说、散文之间的界限，营造一种新境界。君才兄诗人出身，时尚之人，故其散文亦打通了诗与散文、歌词，甚至是阅读等之间的界限，所以读余君，你会发现，收获亦将是多元的。

"黄昏燃起的炊烟是联系我和家乡的脐带"，"（父亲挂在老屋土墙上的蓑衣）像一件精致的蝴蝶标本"等，如此智慧的充满想象诗意化的神来之句像一粒粒珍珠，散见于《向大地认领故乡》这本集子里，给人以无限惊喜。

清代龚自珍说："吟到夕阳山外山，古今谁免余情绕。"（《己亥杂诗·其二百七十二》）而元代赵孟頫却说：“闲居有真趣，曲肱寄余情。”（《奉和本斋先生首夏即事》）在浮躁扰人的现世，或清晨或傍晚，曲肱捧读这样一本接地气的散文，诗文共赏，余情甚欢。

欧阳国胜

厦门外国语学校正高级教师、特级教师

目录

第四辑 世事安稳，岁月静好

第五辑 在薄情的世界深情地活着

第六辑　向大地认领故乡

第一辑

每一朵雪花都认真飘落

人生如落雪，又如树花同发，随风而坠的人生，虽贵贱殊途，但都可以改变自己的命数，最为可贵的是，我们可以选择不同的方式飘落。每一朵飘落的雪花都有属于自己的命运，每一朵雪花下面都有着人们不同的生活，每一种生活都值得被歌颂，每一位认真生活的人都是掌握自己命运的人。

每一朵雪花都认真飘落

雪是什么时候开始下起来的，我已经记不清了。母亲在半夜里翻身，在沉寂的夜里忍不住大声咳嗽。大半夜的，风轻轻推开虚掩的窗户，屋子里越发清冷，母亲帮我盖好被子，又走回了自己的屋子，然后传来一阵轻微的咳嗽声。窗外的天空低垂，风更加凛冽起来，我静静地躺在夜里，毫无睡意，看着窗外的事物。窗外的天空慢慢地变亮，我感觉雪就要落下来了。

我不知道是什么时候又睡过去了，母亲起身的时候，我也不知道。雪要落下来了，母亲想起了山野上的那一块麦地。麦苗青青，但疏于人力，麦垄里的杂草还没有来得及铲掉。母亲拿起锄头，走向了那块月光下的麦地，她对山野里那些迎风招摇的麦子无比珍视。她要赶在雪花落下来之前将那块麦地的杂草除掉。不然大雪落下来，麦子连同杂草埋在下面，土地的营养全被杂草给吸走了，冬雪之后的麦子就会面黄肌瘦。

那时候雪还没有来，雪还在风雨之后。母亲在那块月光下的麦地里除草，头上包着一块暗红色的头巾，身上穿着那件厚厚的棉袄。棉袄有些破旧了，里面的棉花露了出来，乍一看像是飘落在棉袄上尚未融化的雪花。但雪还没有落下来，天空越来越明亮了，母亲心里越来越急，她挥舞着手中的锄头，在月光之下，努力地除草，雪就要落下来了。

母亲回到家的时候，雪已经越下越大。那时候，我透过房间的窗户看见母亲扛着锄头从大雪纷纷的小路上走回来，她的脸颊已经被冻得通红。母亲用龟裂的手轻轻掸去落在身上的雪花，将锄头靠在屋前的墙角，然后经过庭院走进屋子里。母亲的身后，大雪将夜晚映得发亮。

窗外的雪越下越紧，每一朵雪花都在天空中飞舞，仿佛一个盛大的节日，雪花纷纷扬扬，在大地上尽情狂欢。那一年的雪可真大啊，它是我记忆中最大的一场大雪。雪落在大地上，发出簌簌的声响，一会儿工夫，大地就变成雪白的一片。那一年的庄稼也大丰收，母亲说："瑞雪兆丰年，多亏那场雪啊！"但我总是觉得所有的收获都是母亲劳动得来的，我永远忘不了那场雪，忘不了透过房间窗户看见母亲扛着锄头从大雪纷纷的小路上劳作回家的画面。

后来，长大了些，在书里读过很多下雪的场景。"风雪山神庙"里那一场越下越紧的大雪令人惊心动魄，林冲的人生又将何去何从。读到《红楼梦》里"好一似食尽鸟投林，落了片白茫茫大地真干净"，让人想到漫天大雪，万物归一的世界，难免有些悲伤。读过唐代诗人刘长卿的诗："日暮苍山远，天寒白屋贫。柴门闻犬吠，风雪夜归人。"风雪中归来的人会是谁呢？我们一遍遍读，又一次次地猜测。那个风雪中归来的人一定经历了风雪的洗礼，但这个画面让我想得更多的是在风雪夜里劳作归来的母亲。

在我走南闯北的岁月里，我见过无数次落雪。我见过在空中旋转升腾、尽情狂舞的朔方的雪，也见过妩媚婉约、涂着胭脂的江南的雪。我见过一个在风雪中，推着三轮车急着赶路的收废纸的老人。雪落在他的破旧的衣服上，他继续赶路前行。我还见过一个在大雪纷纷的夜里，推着手推车等在火车站帮人拖行李赚钱为老伴看病的老人。我看见大雪封山，看见那些被堵在路途上无法回家的打工者们失望的眼神。我甚至看见过一个在大雪纷飞的夜里无家可归、瑟缩地战栗的流浪汉……

他们和我的母亲一样，都太普通了。他们在每一朵雪花之下，过着自己平凡的生活，经历自己的人生。一切都是那么稀松平常，他们好像从来都没有被人们发现过。

但，每一朵雪花都认真飘落。它滋润万物，落在山间、湖泊、田野、城市的街道……仿佛每一朵雪落下时，都会有什么故事发生。在每一朵雪花下面，人们都过着自己的生活，有的轻装简从，有的负重前行，有的乞讨人生，有的辛苦劳作，有的在百叶窗下享受一杯热咖啡的温暖，有的在大雪弥漫的街道上认真地讨着自己的生活……

应该说，自然的万物都有着自己的生存定律。大地上的人们，都经历着自己落雪的人生。人生如落雪，又如树花同发，随风而坠的人生，虽贵贱殊途，但都可以改变自己的命数，最为可贵的是，我们可以选择不同的方式飘落。

每一朵飘落的雪花都有属于自己的命运，每一朵雪花下面都有着人们不同的生活，每一种生活都值得被歌颂，每一位认真生活的人都是掌握自己命运的人，一如那个在风雪夜里劳作归来的我的母亲。

（此文曾被选为江苏省扬州市、无锡市 2018 届九年级一模，2018 年福建省中考模拟卷三，上海市青浦区 2020 届高三上学期期终学业质量调研（一模），四川省宜宾市 2020 届高三语文二诊，陕西省咸阳市 2019 届高三二模等考试试题）

为自己燃灯的人

夜色中，昏暗的灯光摇曳着温柔。

夜晚因为有了光而变得迷人。在夜晚，你有没有过这样的经历，当你因为工作需要加班，或者参加朋友聚会，要坐最后一班车，很晚才回家。当你打开门，发现家人为你留着一盏灯。或者，你走在这个城市，深夜的街，有一盏失眠的灯，在等一个回家的人，在等和一个人道晚安。这时，夜晚总是给人温柔和等待。

想起很多年前，我在乡间摸黑走夜路。乡间的夜晚安静得听得见虫鸣。风吹过村子，发出呼呼的声响，像是夜晚村子里发出的声声叹息。一个赶夜路的人，如果看见前面村子里传出的昏黄的灯光，心里就感觉踏实了。那一盏灯，在黑夜里闪烁着，给赶路的人前行的动力，给人壮胆。走了很远的路，在黑暗里，终于有了一丝光亮，那盏灯就像救命的稻草。那盏灯一定是妈妈为夜行的儿子点亮的一盏灯，在乡村十二分的寂静里，那灯光泛着无限的温柔。在黑夜中，那盏燃起的灯便是希望。

后来，我在南方城市忙碌、奔波。

同样的深夜，很晚到家，我仍然期待有一个人为我留一盏灯。

但是一个人的城市，独自回到属于自己的角落，在黑夜里，打开灯盏，只有孤独迎面袭来。黑夜留给人的只有落寞和寂寥。当你独自一人，当你在这个城市为梦想奋斗、打拼，拖着疲惫的身体从这个城市的街道走回家，多么渴望有一个人，能在深夜为你留一盏灯。如果这样，一天的疲惫就会减轻很多，痛苦也会轻一点。如果有一盏灯始终为你亮着，在黑夜里，无论你怎么游离，始终都可以找到回家的方向。

就像前些年，我在这个南方城市，早出晚归地生活。为了在这个城市扎根，我总是不停地奔波，晚上在昏黄的灯光下写作。写一个人的城市，写一个人的奋斗和勇敢，写黑夜里，那一盏几乎燃尽的灯火，写一个人的理想与幻灭的南漂生活。我把那些奋斗的日夜都融入我的文字里，把那些黑夜的思念都刻进诗行中。直到有一天，我的文章成为学生的阅读题，给予读者心灵安慰的时候，我似乎看到那个在黑夜里写作的人，看到那盏灯光下不曾走失的自己。那黑夜里摇曳的灯光，对我来说，似乎燃烧着的是一个人闪闪发亮的梦想和人生。

人生中有多少个这样的黑夜，我们在黑暗中摸索着往前行。当你处于困顿和迷茫的时候，整个世界都陷入了黑暗。我们在黑暗中走了很长的一段路，但只要有那么一丝光亮，就一定不要放弃希望和梦想。咬牙坚持走过一段黑暗的路，一定有一盏灯，为你照亮路途。无论夜晚如何漆黑，在黑暗里努力奋斗的人，心中一定要有光亮，你要去相信一定有一个为你燃灯的人，路的尽头一定有温柔的灯光。

因为，没有黑暗，便没有光明。

一个人要坚信自己，即便处在黑暗中，只要心是灿烂的，世界便是一片光明。无论多深的夜，那光一直都在。

其实，回忆起每一个为梦想前行的深夜，你便是那个为自己燃灯的人。

遥远的麦子

我不止一次想起那些乡下的麦子。

五月的风吹过麦地，弥望的麦子在风中摇摆，渐渐地褪去了青涩的外衣。一朵云从天边走来，然后是一场五月的雨，骤雨之后，阳光照耀下的麦地变得一片金黄。

是的，五月的大地上，麦子熟了。

又到了收割的季节，母亲又该开始忙碌了。母亲从铁匠铺里取回新打好的镰刀，刀刃白生生发亮。母亲要赶在下一场雨之前收割麦子，不然，雨水会把那些金黄的麦子打蔫。成熟的麦子一经雨水浸泡就会发霉，一个季节的辛苦全都白费了。

五月的天亮得很早，母亲很早就起来。母亲叫我起床，一起去收割麦子。那时天还没有完全亮，我和母亲拿着镰刀，走向了五月的麦地。黎明前的大地上，风吹来还有些凉意。看着满地金黄的麦子，心里有说不出的喜悦。空气中弥漫着谷物成熟的香气，风轻轻地将它吹过来，迎面吹在脸上，也带着大地上青草的气息。路边野草上的露水也已经风干了，五月的大地上，一切都是清新美好的。

我和母亲开始割麦子。我举起镰刀，将麦子一排排放倒在大地上。太阳就是在那时升起来的。阳光照在大地上，照在金黄的麦子上，照在割麦人的身上，这是多美的一幅秋收的画面。阳光照耀下的麦地是安静的，只听见镰刀割破麦子的声音，麦子轻轻倒下的声音。收割完一地的麦子，我的手被麦叶划破了道道伤口，火辣辣的疼。但那时十一二岁的我，却无从未喊过疼，反而觉得是一种壮举。乡亲们也各自忙着抢收，各自都要赶在正午最热的时候收完麦子。彼此都不说话，只是拿着沉甸甸的麦子，心里无限的喜悦。收完麦子后，就是在打麦场上打麦子，去掉麦子的壳，在风中扬起那沉甸甸的麦粒，空空的壳就被风吹远。在坝子里将麦粒晒干，然后再到磨坊磨成面粉，乡亲们就可以吃上新鲜的面食了。

母亲会用面粉蒸包子、馒头，包子有白菜馅，也偶尔会从镇上买回少量的瘦肉做肉包子。那肉包子可是每年这个时候的美味佳肴，我们一想到那肉包子就垂涎三尺。吃馒头时，则会沾上少许白砂糖。白砂糖的味道加上麦子的味道，可是绝佳。在乡村的日子里，这美味的包子和馒头算是对劳动最好的犒赏，它也成为儿时美好的期待。

但这一切，如今都只是存在于我的记忆中。麦子离我们的生活越来越远了。那些割麦的日子，在月光下的麦场上打麦的日子，那些吃着包子、馒头如吃着山珍海味的日子，都成了遥远的回忆。

是的，在五月的月光下，我不止一次想到麦子。我想到五月的麦地，想到在麦地里收割的母亲和我。

而后来，当我在去年的五月回到我熟悉的乡村，发现大地上只是零星地点缀着几块麦地，大地几乎都荒芜了。人去楼空的村庄，大地上杂草丛生。当年繁荣的收割场面，都已经找不到了，再也找不到那些年岁里麦子给我们的温暖，也更没有任何诗意可寻。

于是，在那个五月月光照耀的夜晚，在天才诗人海子的诗里，我又读到了那片五月的麦地，诗人海子说：

看麦子时我睡在地里
月亮照我如照一口井
麦浪——
天堂的桌子
摆在田野上
羞涩的情人
眼前晃动着
麦秸
我们是麦地的心上人
收麦这天我和仇人
握手言和

然而，荒芜的乡村大地上，那些麦子都流落到哪里去了？和诗人一样，我多想躺在五月的麦地上，月亮照耀我时如照一口井。看着那随风而起的麦浪，我静默不言。麦子在阳光下发出耀眼的光辉，我是流落在大地上的一株麦子。

而当我们再次想起那片月光下的麦地，它却成了乡村文明逐渐丧失之后只存留于诗人笔下美丽而遥远的绝响。

（此文曾被选为四川省绵阳市高 2020 届期末调研考试试题）

被风吹散的人们

不知什么时候起，风开始在大地上吹彻。它经过一片原野，经过一片沼泽，再经过村庄后面那片茂密的山林，然后就想径直地闯进这个村庄。村庄外面的那几棵歪脖子榆树被风吹得东躲西藏，但还是阻止不了风，风好像有些蛮不讲理。它就这样，经过了这个村庄。

风从远方赶来，风猛烈地拍打着院门，很心急如焚。它一定是走太远的路了，不然没有那么急。但风没有足够的耐心，它跳过了院墙，院墙上几块摇摇欲坠的砖头被它一脚踢翻在地。我站在院子的阁楼上，夜已经很深了，院子里空空荡荡的。我看不见风的样子，但风就这样闯进了这个宁静的院子，风好像急着要到院子里寄宿一晚。

风把院子里的几片叶子追得到处乱飞，它追着季节的信笺到处乱跑，它好像要在叶子上为这个村庄写下只言片语。一场风，就这样搅乱了一个村庄的宁静。它将院子里那些不为人知的秘密吹得尽人皆知。院子里老五叔的梦话被吹得满院子都听得见。隔壁二叔家两口子的悄悄话也被风轻轻吹走。大伯在夜晚急促的咳嗽声被风吹得整个村庄的人都听得心神不宁。风吹进院子时，将我的心事吹得遍地都是，捡拾起来的全是时间的碎片。

风一直吹彻，它为这个村庄带来很多新鲜的事物。风吹来，大地上的庄稼一片葱绿，母亲菜园里的蔬菜们都点头示意，它们等待风等了整整一个冬天，风给它们带来了春天和希望。蜜蜂们，伸了伸懒腰，在菜园里迎风招展，在菜花上面采花粉。那棵樱桃树，一直守在村口等着风，风来了，它笑开了颜，樱桃小嘴笑得合不拢嘴。风将那片稻田吹得蛙声一片，一开始是几只青蛙羞涩地叫着、喊着，风吹来，它们得势了，惊起了蛙声一片，稻子开始扬花了，然后变得一片金黄，在风里垂下了头。

风将大地上的庄稼们吹老了，把人给吹走了。然后有一天，风在身后不停地追赶，将村庄里的人们从一个地方吹到另一个地方。它趁着夜色，将村庄里的老人吹到了另一个世界，把大地上的人们吹走了。村庄里再也听不到老五叔的梦呓声，大伯的咳嗽声也早就被风带入尘埃。村庄里的一部分人被风吹到了大地的尘埃之下，风成了命运的掌舵者；而另一部分人，他们赶在风的前面，被风无情地吹到了遥远的异乡。

风是任性的，它一直在乡村的大地上吹彻。有一天，当你发现大地上一片荒芜，那些小桥、流水、人家的村庄被吹得人去楼空，被吹得尘埃满天。村庄被风吹得萧瑟了，吹得衰老了，村庄上的事物被吹得七零八落、落荒而逃。村庄还是经受不了被风吹彻的命运，屋子上的瓦片被吹得摇摇欲坠，院墙上的瓦罐，被风打翻在院子的墙脚，那些山坡上的青草被风吹得衰草连天，庄稼地里的庄稼们，也不知道被吹到了何处。村庄里的那口老井，风吹来时呼呼作响，被风吹干了眼泪，只剩下枯竭的眼眶，凹陷的眼球。一切都衰败了，荒芜了，村庄被风一吹，仿佛要从这片大地上消失……

当我走在这片大地上，风吹来时，我感觉一阵慌乱，慌乱的时间里，我担心有一天，风会将我们从这片大地上吹走。

你的爱我照单全收

很多人都曾有过这样的经历。

年少时，我们总是以自我为中心，血气方刚，与全世界为敌，从不在意他人的感受。我们也不喜欢父母一直唠叨我们，甚至有时候我们还不耐烦地吼道：“不要吵了，行不行？”

我们总以孩童的淘气和青春的叛逆去忤逆父母的一片好意和爱心。好心当作驴肝肺，对父母的爱完全置之不理。只是我们还小，父母只会觉得你还是个孩子，因为爱你，他们会选择一如既往，不厌其烦。

到长大了一些，我们要外出远行，去往远方打捞这个世界的美好。父母会叮嘱你一个人在外面要学会照顾自己，嘘寒问暖，害怕你一个人在遥远的异乡受冻挨饿。父母的心，就是这样，赋予了几乎所有可能的爱。

父母与大哥同住，每次到我家里来，都会带上一些菜过来，有时会带点虾和鱼等。最开始，我一概反对父母这样的做法。

我说：“这些东西我这里都有，更何况菜市场也近，以后再不要拿过来。”我的语气里有一些恼怒，毕竟父母住的地方离我的住处还有近一个小时的距离。

但母亲都只是乐呵呵地说：“这个菜好吃，拿来你们尝尝。”

而后，父母每一次来，都会带一些东西，几个苹果、水蜜桃、香梨……久而久之，我也不再恼怒，父母也觉得理所当然，也显得很开心满足。我只是好好地为他们做一餐饭，来回馈他们。我知道，那是父母对子女爱的一种方式。那是嘘寒问暖，是千叮咛万嘱咐，是一位平凡母亲的心。

天气凉了，母亲打电话说：“儿子，这几天天气凉了，要注意多穿件衣服啊！”我不再那么不耐烦，而是心中很感激地对母亲说：“知道了，谢谢妈！”

也许世上最温暖的一句话便是：“儿子，别冻着了。”

前一段时间，城里闹了几起安全事件，母亲也会及时打电话提醒我：“在外面要注意安全，不要去人多的地方凑热闹。”当时我正和几个朋友吃饭，我心里默默感谢着母亲。“我知道，您放心吧！”我回答道。于是，在那个寒冷的冬夜，走在城市的夜空下，风吹来，如此熟悉和温暖，在我心中洋溢着那份家长里短的爱，那便是母亲的心。

父母老了，他们能为我们做的事情也无外乎这些了。因为在他们心中，我们永远还是一个孩子。在生活中，我们都是平凡的普通人，我们却总是很无情地拒绝他们的一番好意，用鲁莽和冰冷去对待这个世界的温暖，去伤害最亲的人给予我们的爱，无意间打碎那些爱我的人的幸福，但真正成全一个人的幸福只是举手之劳而已。

母亲的心是那么细腻和温暖，不求回报而又百折不挠，我们怎么可以粗暴地拒绝和冷漠地不为所动?

要知道，生活中，有一种特别的爱，叫作成全所爱。

对那些在成长路上真正爱我们的人，对那些在我们的事业处于低谷时雪中送炭的人，对那些在前行路上为我们掌灯的人，我想说，你们的爱，我会照单全收。

因为被爱是一种幸福，给予爱同样是一种幸福，收获是一种幸福，成全别人也同样是一种幸福。

时间是怎样行走

时间是怎样行走？

它穿行于大地上的每一件事物，每一处都留下了它行走的痕迹。时间的行走是看不见的，是虚无的，正是因为它的虚无，一切才会那么捉摸不定。

一棵小树苗长为参天大树，一个懵懂的少年变为一个有志的青年，有多少的时间行走呢？看到一个孩子从出生，到学走路，到上幼稚园，再到上小学、中学，我看到了时间的流动，就犹如眼前的莘莘学子，我看着他们一天天地成长，然后在某一年某一天正式迈入他们的人生轨道，在“成人礼”上由青涩渐渐走向成熟，开始了与时间的赛跑，与岁月追逐。看着他们从稚气未脱成长为一个豪气干云的男子汉，或者成为一个美丽无瑕的青春少女。

大地上的事物，它们各自有着自己行走的轨迹，也各有着自己存在的方式。时间，总是引领着每一件事物，去寻找它存在的意义与价值。

而人是大地上的一件必不可少的事物。人也和其他的事物一样，受着时间的牵扯，是时间的囚徒。

在你少年的时候，总是跑在时间的前面，因为你有的是精力，有的是青春，有的是激情，可以和时间的流逝抗衡。随着到了青年时期或者更远，你会理解青春背后的慌张和惶惑，以及青春背后的无所适从和无所顾忌。

你会觉得时间总是那么快，那么无情，昨天还是一个可爱的小孩，今天就成了一位慈祥的老人。是时间改变了我们，还是我们自身发生了改变？难道是内心的容器已经盛满了岁月的沧桑？

这一切都不可而知。

记得小时候，看母亲的照片，觉得很漂亮很年轻。那张照片卡在我们家镜子的背面。那时候的母亲，抱着不满一岁的哥哥，像一位十八岁的少女。

而今，看到母亲蹒跚的步履，以及脸上的皱纹，才知道，时与日驰，时间的行走，带走了母亲的青春时光，带走了母亲美好的年华，母亲老了。

那次看到母亲抱着小侄儿的照片，我才想起儿时看到母亲抱着哥哥的照片，还是一样的笑容，一样的姿势，只是笑容里多了一丝慈祥，多了一些岁月过后的沧桑与平静。

时间就是这样，它将大地上的每一件事物写上痕迹，写上沧桑。或者，每一件事物都在朝雨暮风里，接受时间的洗礼。

当我还是母亲怀里的孩子的时候，多想时间快一点，我能快点长大。于是在屋子的墙壁上用粉笔记下自己不同时期的身高，再做下标记。这样一来，屋子的墙壁上就有了我身高的标志。那是时间行走的痕迹，每一步都是生命的刻度。

如果有一天，我老了，再来看那些成长的标记，总会有些沧海桑田的感觉。我仿佛还是那个少年，每一个刻度，都见证了我的成长。

时间就是以这样的方式，把大地上的每件事物还原为最初的模样。它把一个人又带了回去，回到他的青年，他的少年，他的童年，他的出生……这些人们成长的过程，时间都是我们的见证者。人生太短暂了，刹那的光阴在时间的长河里，只是分秒。生命太宝贵了，我们哪里有时间去浪费这一切。

时间会在一个漫长的黄昏将我们从大地上抹去，仿佛一件多余的事物，一不小心就跌入了尘埃。

人间值得

说起来是多年前的事了。如今我还依然清晰记得，也许应该从我选择到南方的时候开始。那个夏天，热闹的生灵们在树枝上鸣叫，风吹在脸上热得滚烫。火车站的人山人海，与南下的孤独寂寥相比，反而让我感觉到平静和希望。

面对着这热闹的人间，我的心里常常涌起一阵空虚和寂寞之感。这些年，在路上，有具体的和不具体的悲伤，也有有形和无形的快乐，喜忧参半往往是人生的常态。生命就是这样，本来的清闲与忙碌，犹如歌残宴散，但生命却充满寻找的趣味。

一路上，遇见山河大海，遇见草木花树，遇见城市，也遇见村庄……一路上，总是遇见，也不断告别。我们会遇见一些人、一些事，他们被邀请进我们的生命里，成就我们年轻的生命之美；而那些遇见之事，或喜或悲，如同烙印一般深埋记忆深处，成为我们成长的勋章。我忽然意识到，这些遇见和别离，共同构成了过去的我，成就现在的我，正经历着当下的生活。

在漫长的生命长河里，遇见即别离。这些记忆和经历，都是岁月给我们的恩典。我们遇见的每一个自己都稍纵即逝，只是下一个自己永远都是全新而充满期待的。世间种种，唯有美好的期待最令人动心。生活有时是一条不太宽阔的河流，只有当一个人远离了繁华和喧嚣，彻底安静下来的时候，才会慢慢审视自己的内心，找到那个真实的自己，因为人生自有真趣在。

诗人顾城说："一个人，生活可以变得好，也可以变得坏；可以活得久，也可以活得不久；可以做一个艺术家，也可以锯木头，没有多大区别。但是有一点，就是他不能面目全非，他不能变成一个鬼，他不能说鬼话、说谎言，他不能在醒来的时候看见自己觉得不堪入目。"

一个人应该活得是自己并且干净。每个人心中总会珍藏着一个梦想之地，倾其所有去为之守护。但随着时间的流逝，许多人、许多事我们往往都不会记得。就像风不记得一朵花的香，不记得一棵被踩疼的青草，不记得有谁曾在我们的生命里存在过，然后又稍纵即逝。记忆有时总是靠不住的，而书写是一场漫长的抵达。

小时候的事情，记忆中的乡愁，或者昨天的经验，依旧是那么鲜活。他们也同样构成了人间生活。每个人的心灵深处，都会有一层厚厚的盔甲，也都会有一个特别柔软的角落。我相信，总有一个地方可以寄放我们的身体和灵魂。总会有一天，或者在一生中的某一刻，我们将因为领会了生命的真趣而心满意足。

厚积落叶听雨声。现在，在南方的雨夜，一个人坐在窗前，聆听窗外的雨声。一些坠落的叶子，在夜晚毫无声息地翻飞。一只被雨水打湿的鸟在窗台上冷得瑟瑟发抖。

这么多年，一直让人奇怪的是，南方的春天，竟然落叶翩翩。满城的雨水，模糊的痕迹，让我想起《诗经》里的句子："且以喜乐，且以永日。"但面对每一天平凡的生活，面对真实的生命，我惭愧的却是，有时我们并不能免俗。

朱光潜先生说："生命对于我们还有很多问题，就因为我们对它还没了解。既没有了解生命，我们凭什么对付生命呢？于是我想到这世间纷纷扰攘的人们。”其实，生命既复杂，又简单至极。每一个人都经历着不一样的人生，那世间种种，不过都是岁月变成了生活。

在生机勃勃的南方春天里，我们都在等待着什么。也许，那些美好，终将发生。只是时间稍纵即逝，我想与你共赴这一场人间值得。

远方自在，近处从容

一个人流浪，不必去远方。

但不去远方，我们又能去哪里找到心灵的方向?

孩童时代，我们向往远方，绿皮火车带走了我们心灵的寄托，远方有着光荣和梦想，远方便是希望之光。而现在，在繁忙的工作和生活中，当我们困顿和疲倦之时，我们还有一个远方可以放松我们的神经。

去远方，将那些生活和工作的烦恼都抛诸脑后，将生活中所有的人际关系的复杂和险恶都一一清除，让一切都变得简单起来，尽情享受那份在路上无拘无束的自由和美好。

北岛在《旅行记》里写道："一个人行走的范围，就是他的世界。"这句话让我感到惊讶。去远方，远方自由，还有无尽的辽阔，远方，让我们的世界越来越大。

于是，一到假日，很多人便选择背上背包去远方。他们在世界上的任何一个地方行走，去看看不一样的世界，感受不同的文化和地域风情，去寻找来自心灵的自由和洒脱，去丰富我们的世界。

但是，出走是风筝，线还在故人的手里。无论我们走多远，有一天，我们都要回去。

如果远方需要激情和梦想，近处则需要从容和平静。当我们静下来，面对自己的内心，审视自己，从而接纳他人，冷静地面对生活和工作，我们才能寻找到生活的本真，我们的内心才能够辽阔和丰盛。

远方自在，近处从容。这不正是人们所向往的美好境界吗？

我们去看完远方世界的辽阔，又要回到近处的现实的生活，这看似矛盾，实则构成了我们并不完美的人生。

人生常常是，心在远方，身在近旁。只不过，有时候，身自在，心才能自在从容。

所以，从一个孩童到我们可以独自面对这个世界，在我们有限的生命里，无论是在远方，还是在近处，我们所做的几乎都是为了让我们的生命变得更完整。

蒙田说：生命的影响不在于长短，而在于存在的方式。

无论是远方，还是近处，都是人们在这个世界上存在的方式。只是，有的人活了很久，却毫无内容，依然过不好一生。有的人生命如惊鸿一瞥，却依然活出了自己想要的模样。

远方自在，近处从容。但愿我们的身体和灵魂总有一个在路上，但愿身心都能自由，但愿生命都能从容。

记忆光年，将我包围

当我们处在光中，我们不能看见自己是光，除非我们被包围在黑暗之中。

每一个人都会在黑暗中前行，一路以来，发现自己咬牙走过了漫长的路途。但记忆是没有踪迹的，如同飘落的树叶，被风吹散。诗人保罗·策兰说：“黎明的黑牛奶，我们在黑夜喝你。”

四周的黑暗扑朔迷离，也许从幼时起，我就将自己置身在黑暗之中，一个人去远方寻找那片光。中学时期，正值青春期，那段时期是充满渴望的，有懵懂的情愫，有叛逆的痛感，也有对世界未知的猎奇。渴望一个人走进自己的青春世界。青春，是一块无耻的遮羞布。青春，又是精力极端旺盛，满世界疯狂与遐想的混合体。有做不完的梦，有对外面世界的极端崇拜与热血沸腾。后来，我在长江边上的一所中学读高中，遇到了人生中最好的恩师。在失败的边缘，我几乎坠入黑暗中，是他告诉我在黑暗中的人才能发现光点。

有一年，在那个镇上的一家小饭馆里，我们几位同学和老师小酌，觥筹交错，说起中学时代的旧事，恍若隔世。

我们都叫老师老崔，现在的老崔还在那所学校，成为了那所学校的教导主任。同样，在那个镇上，我读高中的三年时间里，我的大哥每年都会从远方来看我。

他穿一身笔挺的军装，威武庄严，站在教室门外，他是我心中的榜样和梦想。现在想起来，那是青春时代里，我对大哥最美好的记忆。

后来，沿着长江，坐一艘客船，去往师范大学。忽然之间，时间将模糊的记忆一下子拉回到 2000 年 9 月的那个下午。那一年，对于我来说，意味着人生的一个新的开始，也意味着自由。

在师范大学的时光，有很多的故事可以言说。那个时代的学生常常怀着远大的抱负和梦想。有固执的坚持，也有豪情的挥洒；有美丽的错误，也有记忆的缺憾。但时代赋予我们的却又不同于现在的生活，这就注定了那时候大学生活的与众不同。

一些热爱文字的人，在一起畅谈文学的理想，写诗歌，阅读《人间喜剧》。我们一起在嘉陵江边扔小石头，听听夜晚的涛声。我们用诗歌下酒，用文字解渴，用时光推杯换盏，用年轻的豪情壮志去独自闯荡和流浪。记得那一年，我们坐绿皮火车去和另一个城市的诗人汇合，走到哪里都有青春的同谋、文学的知己。诗歌带给我们的，是时代所特有的辉煌。

大三那年，那一场《时光恋人》的戏剧一直在记忆中盘旋。我是那出剧的导演。剧本来自于真实的生活。后来的演出很成功，那个在剧情里等待爱情的美丽少女，是我大学时的恋人。只是，遗憾的是，所有美好而炽热的爱情，到最后都以平淡收场。

而沉迷在文字中的人，总是在现实与理想之间徘徊，试图能够找到一个交集，可以安放我们虚无的人生。大四时，所有的悲伤都是告别。那场宏大的诗展，在校园的每个橱窗里都展览着我的诗歌，我一下子成为这个校园的诗人英雄。那时，诗歌成为一个时代的代名词，也成为一个时代的墓志铭。那样的青春，现在想来还依旧充满悸动。青春总是充满辽阔无垠的饥荒，我在诗歌展览的前言里这样写道。

那样的日子好像一场梦，早已消失殆尽。十多年过去了，我还执迷不悟，与文字难解难分，仿佛我还是那个在黑夜里独自在笔记本上写诗的少年。我用这些零散的文字，简单地勾勒这些过去的点滴记忆，把记忆都交给你，交给无尽的时间。

时光煮雨，记忆的光年，将我包围。

也许，我们终其一生，都在与时间周旋，与自己纠缠，与记忆对抗。有时，记忆是充沛的。有时，记忆是散淡的，几乎没有记忆。

时间刻痕

我曾经细心地观察过一块石头，它几乎就要被屋檐上掉落的水滴凿穿。但我知道，穿透石头的是时间。我也曾长时间观察一位行将就木的老人，他被岁月洗礼，白发苍苍，凋谢的容颜背后，也是因为时间。时间就是这样漫不经心地变化，它雕琢大地上的万物，并渐渐地在其身上刻上岁月的伤痕。

在世间，走得越来越快的也是时间，它被人们挂在墙上，或者悄悄地附在万物身上。时间更迭，春秋代序。不是吗？春雪融化的时候，梅花就落了下来；云开的时候，阳光就落下来，风起的时候，叶子就落下来……

大自然的万物在不断地更迭。就好像，落叶是冬天的请柬，雪花是春天的语言。看似漫不经心，时间却在人们身上刻上了老去的痕迹。时间不经意间在人们身体上刻上了衰老、伤痛、疾病和潦草的人生。而当人们岁数变大时，时间却又是人们剩下的唯一的东西，它残留在我们的身体里。时间会在某一天，会在我们身体里刻下死亡，在我们身体上按下定格键，但那些定格了的都是我们曾经在这个世界上存在的证明。

在我曾经生活的乡村，时间却是散漫的。时间从大地上的任何一个地方出现，又在天黑之前从村庄的四处逃散。时间是隐逸的，又是无处不在的。但乡村人们的生活全是没有时间概念的，这里没有时钟，也没有手表。鸡鸣三声，农人乘着月色到田地里干活。天渐渐地黑将下去，人们从大地上回到自己的院子里。孩子们看着书页上渐渐暗去的字迹，回到屋子里，在屋子里燃起了油灯。人们对时间是无从把握的，什么时候该吃午饭了，什么时候该进入梦乡，全都凭感觉，没有定律。村子里的人们有的到了下午才吃午饭。时间对于乡村的人们来说，似乎没有特别的意义。

有一年，从城里回来的父亲带回了一块上海牌手表。他戴在手上，他成了乡村时间的掌管者。人们做什么事情，都来询问父亲时间。谁家生了小孩，也跑到院子里来问父亲时间。后来有一天，父亲坐在院子里，看着阳光慢慢地在院子里移动，阳光跳跃移动的样子，让父亲灵光乍现，心生一计。阳光在院子里的石板上移动，每一次阴影的距离，都是时间变化的刻度。经过细心的观察，父亲了解到太阳刚刚升起时，阳光刚好照在石板的台阶上，那时候刚好早上八点。而阳光一步一步往前移，到了院子里的第一块石板的时候，时间是早上的九点，父亲用铁錾子在上面刻下痕迹。再往前走，父亲刻下了十、十一、十二……一直到太阳落山，时间的每一个刻度都被父亲刻在了院子里的石板上。根据太阳照射的情况和父亲在院子里刻上的痕迹，人们就可以判断时间。院子里的人们根据石板上的刻度来判断乡村时间，虽然在不同的季节时间会有偏差，但那刻在石板上的刻度就是时间行走的痕迹。

无形的时间，在这里第一次有了有形的刻度。即便我们离开乡村很多年，那个石板上的刻痕也一直印在了我所有的记忆里。而某一天，当我们回到乡村的院子里，发现那个时间的刻痕被青苔覆盖，乡村的人们慢慢地老去，时间把一个青春的小伙儿变成了一个白发苍苍的老者。从这个意义上说，时间又是无形的，如雨水润物细无声，就把一个人变老了。

我不止一次想到那些乡村的时光，它是那么缓慢和自由。而当我们某一天离开乡村去往遥远的城镇，无形的时间在我们所在的世间行走，在我们的身体里行走，看似不着边际，但它却真实地在我们的身上留下了时间的刻痕。而我也从当时的少年逐渐向中年迈进，过了三十五岁的人生，时间在我们的世界留下的痕迹会越来越深。

在我们的一生中，时间会越来越快。有时我们变得很浮躁、功利，越来越急于求成。时间在我们的身体里行走，在自然的四季里行走，我们的身体远远地被甩在身后。有一天，我们忽然发现，和很多年前的自己相比，我们变得更成熟，也更衰老。时间在我们的身体上留下皱纹、疾病，在我们的世界里留下了深刻的里程碑。但无可争议的是，时间接纳了我们，也改变了我们，然后又将我们拒之于时间之外。

合欢树

院子里有一棵合欢树，不知道是谁栽种的，我出生之时它就在那里了。

每一年的盛夏，我最喜欢做的事情就是看合欢树开花。合欢树细密的叶子簇拥在一起，似大伞一样荫蔽着院子。孩子们在院子里纳凉，外婆给我们讲过去时代里的故事。合欢花开得像孔雀的羽毛，在阳光之下，像童年时的梦一样。

但幼时的我对合欢花却毫不领情。它在高大的树枝上绽放，被细密的叶子簇拥，半白半红的花，呈丝状，却不是很显眼，可能是因为太高大的原因吧，常常被我们所忽略。但有时，我们也会捡拾起地上的合欢花。它的绒毛软软的，拂在脸上痒酥酥的。我们时常用合欢花的绒毛去挠熟睡的表弟的耳根子，看着表弟痛苦挣扎的表情，我们笑得前俯后仰。

当夜晚的风吹起，常常飘来一阵清香。那一定是合欢花的。淡淡的，若有若无。有人说，合欢花日落而合，日出而开，总给人以美好的想象和神秘感。

我问外婆：“为什么说合欢花是晚上合在一起，日出就开放呢？”

外婆说：“合欢花开累了啊。”

然后淡淡一笑，用手抚摸着我的头。

我好像懂了似的点点头。但终究，在我们七八岁的童年时光里，我们还是忽略了院子里那开得正盛的合欢花。

合欢花是那么简单，不动声色，高高地伫立在树枝上。也有可能，合欢花的朴素是与生俱来的。它像极了一种人，那种素雅简单，轻装简从的人。它安静而温暖，像那种脾性很好的女子，就好像穿着素衣，坐在合欢树下的外婆。

我和几个表弟围在外婆的周围，听外婆给我们讲小人书里的怪事。外婆也给我们讲过合欢花的来历，只记得是关于一个寡情薄义郎的故事，外婆讲得很伤心。后来，直到长大，我找到了关于合欢花的传说：

从前，有个秀才寒窗苦读十年，准备进京赶考。临行时，妻子粉扇指着门前的那棵苦情树对他说：“夫君此去，必能高中。只是京城乱花迷眼，切莫忘了回家的路！”秀才应诺而去，却从此杳无音信。妻子在家等了又等，青丝变白发，也只是一场空。在生命尽头即将到来之际，粉扇拖着病弱的身体，在苦情树前，用生命发下重誓：“如果丈夫变心，从今往后，让这苦情开花，夫为叶，我为花，花不老，叶不落，一生不同心，世世夜欢合！”说罢，气绝身亡。第二年，苦情树果真开了花，粉柔柔的，像一把把小扇子挂满了枝头，还带着一股淡淡的香气，只是花期太短，只有一天。所有的叶子居然是随着花开花谢而晨展暮合。人们后来把苦情树改名为合欢树。

这便是外婆讲的关于合欢花的传说。

但我不知道，外婆为什么每讲一次合欢花就伤心一次。年幼的我们不知道外婆对合欢树有着怎样的感情，抑或是有着依恋的美好和忧伤。外婆好像说的是自己的故事，沉浸在时间的斑驳背景中。

我从小在外婆的庇护下长大，但从未见过外公。外公成了一个谜。外婆自始至终也没有和我们讲过外公的故事。外婆只是说，外公去了很远的地方，他是个有责任的男子。但那眼神里分明有泪水在滚动，充分暴露了外婆的脆弱。直到我上小学六年级的一天，母亲到学校来把我接回家，告诉我外婆走了。我一下子哭了出来，眼泪倾盆而出，从没有这样伤心过，为外婆，也为了那个抛弃外婆而去了远方的外公。

再后来听母亲说，外婆在旧社会，出生在大户人家，但家道中落。她读过四书五经，有一些文化见识。后来，外婆嫁给了外公，生养了三个儿女，我妈妈排老二。一家人和和睦睦，但是好景不长。外公被国民党抓壮丁去了前线，一去不返，生死未卜，一直没有外公的消息。有人说，外公在抗日战争中牺牲了；也有人说，外公做了国民党军的高级将领，随着国民党军去了台湾。但不管是哪种版本，从那时起，外公杳无音讯，外婆成了那个独自等待的女人。

到后来两岸互通来往之后，我们也想方设法托关系去寻找外公的下落，但查无此人，估计已经隐姓埋名，或者在那个战争的年代成了荒野里的孤魂野鬼。只是，在外婆的年月里，那一场守候，终究是一场无望的等待。

外婆已经去世了好多年，但院子里的合欢花每年到了盛夏还是照常绽放。后来当我读到史铁生的《合欢树》，在泪水中勾起我对外婆无尽的回忆。史铁生说："有一天那个孩子长大了，会想起童年的事，会想起那些晃动的树影儿，会想起他自己的妈妈。他会跑去看看那棵树。但他不会知道那棵树是谁种的，是怎么种的。"

那个孩子和我一样，在长大的岁月里，合欢树下收藏了多少童年的事。

如今，已经是盛夏了，院子里的那棵合欢树已开满了花，传来淡淡的花香，我不禁想问，那棵合欢树是外婆亲手种下的吗？她等待的那个人又在哪里呢？

心灵的香气

一直以来，我很喜爱兰花。

这也许是因为很小就读到梅、兰、竹、菊合称“四君子”的美誉，也许是父亲对我的教导，要做一个谦谦君子，君子如兰。兰花在我幼小的心灵世界里，神圣而高贵。

儿时在旧屋的墙壁上，挂着一幅泛黄的画作，上面兰花叶缘的墨迹已经散淡开去。有的被屋檐的水滴锈蚀了一角，落款的印章和名字也模糊了。那幅画的时代已经离我们很久远了。听父亲说，那幅画是整个川渝地区的余姓家族送给我祖父的贺礼。我不知道祖父当年怎么会有如此的声誉，但那幅兰花，却告知世人，祖父的为人，在家族里是受人颂赞的。祖父就如同那兰花，散发着那个时代里独特的幽香。我想，祖父一定是喜爱兰花的。

一如我远古的祖父，我也正深爱着这君子般的兰花。也很有可能，是祖父的那幅斑驳的兰花图给了我影响，以至于停留在我世界里的兰花是如此美好。也同时随着年岁的增加，对兰花的理解也就更深。

作为草本植物，兰花的品种繁多。我曾喜欢过兰花中的蝴蝶兰，栩栩然如一只只蝴蝶站在兰草上，颜色各异，各具风采。还有颜值第一的国兰，花容清秀，如谦谦君子，有看叶胜看花的美誉。蕙兰，蕙质兰心，它是比较耐寒的品种。还有最会跳舞的文心兰，据说宋美龄访问白宫的时候，对此花是一见钟情，因为花瓣的形状很像中国的“吉”字，所以又取名“吉祥兰”。

在每年南粤花市上，我最喜欢赏兰花，索性也会买上几盆，放在客厅里。兰香盈室，也成为每年春节的一个盼望。当然，在我们的传统文化里，兰花香是天下第一。古人云：“兰之香，盖一国。”虽然桂花有“十里飘香”之说，但十里之香，甚至百里飘香，又何能抵过香盖一国之盛？兰花的香更迷人，更清新，它的香味淡淡的，不会刺鼻，也不会淡如净水，它香到了骨子里。

除了君子之说，兰花在中国古典文学中还具有很深的意蕴。孔子说：“与善人居，如入芝兰之室，久而不闻其香，即与之化矣。”而屈原更是兰花的忠实粉丝，他在《离骚》里写道：“扈江蓠与辟芷兮，纫秋兰以为佩。”他披上了江蓠，系上白芷，又编织起秋兰的佩带，兰花的吉雅寓意可见一斑。

兰花被赋予很多内涵。比如：诗文写得好，被赞誉为“兰章”；“心若兰兮”也常说明一个人内心的兰心蕙质；甚至还有在京剧里柔美女子的“兰花指”……可以说，与兰花有关的意象，几乎都是美好的。

前不久，同事送了我一盆兰花，我把它摆在办公室的窗台上。一开始也不知道是什么品种。后来经过查证，原来是闻名的巴西鸢尾兰。而在这一盆兰花里，我不但闻到了泥土的味道，还在叶片上发现了一只蜗牛！真是绝好的附属品。正好是春天，每日到办公室的第一件事便是看一看兰花的长势，看看兰花是否开放，也看看那只蜗牛是否还活着。

我给它浇水，给那只蜗牛制造下雨的天气。在四月初时，终于等到兰花开了，花期只有一天，香气散淡，却清香怡人。而那只蜗牛也还在，真是可喜啊！

巴西鸢尾兰一个花苞要开放两三次，开完之后，花苞处就自然发芽，长出根须。兰花除了种子之外，这也是很好的繁殖方式。而那几处发芽长出根须的兰草，也将被同事们剪走。有一天，那稚嫩的兰草也同样绽放出香气来。是的，兰花生长在世界各处，它以顽强的生命力在大地上生长，散发着淡淡的香气。

兰花如此，而我们人呢？

如同我的祖父，德高望重，那幅兰花图便是证明。那幅兰花图，充分展现的是家族人对祖父的敬仰。祖父就如同那兰花，带给族人以芳香与恩泽。

人和兰花一样，是需要一点精神的，有时候需要一点精神洁癖。人的精神是需要滋养的。物质的世界，多数时候需要精神的洗礼。我想，每个人的世界里，都有一种属于自己的兰花。每一个女子，都心若幽兰；每一个男子，恰好君子如兰。终有一天，每个人心灵的香气会散发出来，散发出真、美、善良、朴素……用这些人世间最美好而又珍贵的情感，来造成一个美好的世界。

第二辑

小心轻放的爱

在这世间，美好的情感如此之多，母亲的爱，却是最无私和纯真。总是那么暖，那么轻，又那么重。母亲的爱如初春禾苗上的雨露，看似漫不经心，却滋润万物，润泽了我的一生，又如同一件绝世的青瓷。小心轻放的爱，让我成为天底下最幸福的儿子。

活成一棵植物

不知道为什么，我总喜欢在黄昏里独自静坐。也不知道从什么时候起，在老屋后面的山林里，我听见虫鸣声就觉得与世隔绝，看飘落的叶子，总觉得它们对岁月依依不舍。也许我的前世应该是一棵植物，要不然，我怎么听得见叶子的语言呢？大地上一片寂静，风慢慢吹来，它们互相致意、道别，然后各自飘落，一片一片飘落，匍匐在大地上，完成它们的使命。我听到了它们飘落的声音，那声音很轻很轻。

在午后，我会绕过老屋，走进那片山林，去寻找那些经年的植物兄弟们。树林里落满了叶子，我踩在叶子上，细软的叶子发出沙沙的声响。我喜欢在这片林子里走动，鸟儿们一定对我很熟识了。我先受到了虫鸟们的接待，山雀放开喉咙歌唱，它是在和我打招呼呢。白鹭从水田里飞进这片林子，它扇动翅膀，落在一棵山毛榉树上。黄鹂鸟发出清脆婉转的鸣叫声。山林里可热闹了。杜鹃鸟也来了，它好像在倾诉它悲伤的身世，那调子特别悲伤。秋虫的鸣声在山林里此起彼伏，它们在弹奏着不知名的曲子，它们说着那些不为人知的心事。阳光透过高高的树林，洒落下来。我借着这阳光往前行，估计在这个阳光弥漫的时间里，我不经意地探寻打扰了它们午后的清梦。

在山林里毫不起眼的小野菊在路边鼓掌，好像是在迎接我的到来。那一丛羞涩的凤尾竹，细细的枝干，绿叶婆娑，风韵潇洒。如果有月光，凤尾竹一定是山林中最美姿态的植物。在近旁还有一棵高大的芭蕉树，它好像一个忠诚的卫士，似乎在敬礼欢迎。在这里，我只是觉得自己是一棵站立的植物，和它们相互致意。我的头发好像变成了叶子，我的手脚好像变成了枝干。风吹来，我的思想是一棵植物的思想。小草在我身边朝我招手，它太朴实了，我差点忽略了它的存在，小草们开始在风中喧哗，好像在密谋造反。但它们都太朴素了，经不起什么大风大浪。

我见到那花落之后的一大片风信子。它们耷拉着脑袋，我知道，风信子无限地接近水源。然后我遇到了山林中流淌的小溪。植物们对溪水是充满崇拜的，不然它们不会给溪水让一条大道出来。溪水在山林里叮咚作响，溪水的源头在哪里呢？林尽水源，它应该在高山之巅。溪水在这片林子里前进、拐弯，植物们见到它都给它让路。溪水是大自然的智者。

我没有任何时候有像现在这样想亲近一条小溪。溪水清澈，我掬起一捧溪水一咕噜就喝下肚。那种透心的凉爽，是任何时候都没有过的。那一棵棵草，那一片片叶子，还有那些离溪水较远的树和灌木都投来了羡慕的眼光。它们羡慕我是如此地接近一条小溪。溪水在山林里流淌，它从山林里走过，经过古老的石头、大树下盘根错节的树根，还有夜晚时那一片皎洁的月光，凡是经过的事物，它都清晰地记得。

沿溪行，溪水慢慢地流过老屋的门前。我在山林里行走，最终又顺着溪水的方向回到了老屋门的前面。鞋子还提在手上，我的脚是无限地亲近这片土地。这次的寻找之旅，让我的心灵无限地舒展。我与山林里的植物们一一告别，招手致意。还有那些不知名的植物们，它们也默默地与我的心灵对视。我似乎从山林里获得了某种灵动的东西。除却今生的生活，如果人真的有前世，我的前世一定是山林里的一棵植物，简单而自由。风吹来时，我点头示意，不喧哗，不聒噪，任凭雨水轻轻敲打，我的叶片上沾满了大自然的露珠。

我愿活成一棵植物。或者，我是长在溪水近旁的一棵小树。与山水为邻，分享自然与雨露，在大自然中，我只是平凡草木中的一种，一点都不曾骄傲，拒绝那些甚嚣尘上的纷扰，我有着朴素干净的灵魂，还有一棵草本的心。

或者，我活成一棵草，自顾自地生长。由丰盛到萧瑟，然后在冬天被大雪覆盖，一枯一荣，但精神永远不灭。春天来时，我在大地上生根、发芽，在每一个露水打湿的清晨绽放我湿漉漉的心事。你不会明白，也不必感到奇怪，我只是想平凡而卑微地生活，在春天的阳光中尽情绽放生命，一滴雨就足以让我幸福。

月光下的生活

作家韩少功说："月亮是乡村的一枚徽章。"

这多少有些诗人的浪漫。不信，你试着想象，在寂静的乡村之上，夜晚在到来的半途，月亮升起，如同一枚徽章，别在天上。

或者，你再试着想象，月光之下，那些懵懂的乡村孩童，跟着月亮行走，大地一片皎洁，月光像个单纯的孩子。月光漫无目的地从天上洒落，如初冬的雪花，不经意间就飘散开来。月光洒在禾苗上，绿油油的一片，月光的颜色便是禾苗的颜色。月光在小河上流淌，月光便成为流动的浪花的白。月光泻在那漫无边际的虫鸣声里，那月光便是一个朦胧的梦的颜色。在很大程度上，在月光照耀的夜里，每一个孩子都有着童年的美好时光。

但是，在孩子们天真无邪的世界里，没有人想过月亮是什么。

诗人李白说："小时不识月，呼作白玉盘。"诗人少不经事，将月亮认作白玉盘。但月亮下的凄怆无从说起，只有经历过世事之后，才发现月光里有说不清的忧愁。但我更相信，月亮对于乡村而言，是在一段摸黑回家的路上，一袭微弱朦胧的光。或者，月亮是在窗前、树下、草垛旁，映着夜色看连环画的童年。

记忆里，在月光下，母亲用针线缝补破旧的衣服，她用牙咬掉衣服的线头，月亮下的母亲是安静而美丽的。忙完一天的农活之后，农人乘着月光，牵着牛，扛着犁铧走在回村的路上，吹着口哨。牛尾巴自然地甩动着，月光下的影子，一人，一牛，一犁铧。我想，这情景也是能够入画的。只要你稍有留意，便会发现，这时村子已经安静地睡去，大地之上，月光之下，人们所有的劳顿都烟消云散了。

但是，不知道从什么时候起，一辆辆挖土机开进了村庄，一辆辆大卡车尘土飞扬。施工队开始在这个村庄安营扎寨。城市晚报上刊登着搬迁告示和改造文件，村庄的夜晚开始充满了无尽的机器的轰鸣声，蛙鸣、虫鸣早被机器的叫嚣声所湮没。然后，日子一天天过去，一块块稻田被无情地毁坏了，一片片菜畦被推土机给捣鼓得无从辨认，一座座乡村的土房子被毫不留余地地推倒了。村庄在经历了一个个夜晚的无情折磨之后，彻底地倒下了，有些痛彻心扉，也有些于心不甘。一栋栋高楼拔地而起，很多年之后，再也没有人知道，曾经这里的一草一木，人们的回忆给无情地抹掉了。人们从这片大地上迁徙而去，村庄成为他们最后的一个回忆，故乡被无情地摧毁。

他们搬迁到了城里的安置房，在四四方方的一栋栋高楼里，他们开始使用自来水和城市的水龙头。开始接触城市的新闻和没完没了的城市生活。没有了菜地，只有菜市场蔫趴趴的青菜；没有了河流，只有一条乌黑的城市排水道从门前经过。他们领着微薄的政府补贴，开始成为一个城里人。他们开始试图在这个城市找一份工作，像一个城市人一样去生活。

月亮依旧挂在天上，它照耀着这个被改造的城市，它照耀着城市路灯下，柏油马路上，匆忙回家的人群。如同照耀着当初那个宁静的村庄，月亮毫无察觉。从村子里搬出去的人们也依旧被月光照耀着，只是多年之后，再也未曾发觉天上的那轮月亮。在城市的白炽路灯下，月亮的存在已经无足轻重，也几乎再没有存在的必要。

当某一天，人们在城市逼仄的阳台上，看见头顶上空那轮遥远的月亮，才想起多年前别在村庄上空的那枚带着水印的徽章。它是多么让人怀念。人们想起母亲在月光下缝补过去的时光；想起农人乘着月光，牵着牛，扛着犁铧走在回村的路上，一人，一牛，一犁铧的画面；想起月光下伴随着虫鸣声而逐渐丢失的童年……

这一切，回忆起来，又多么让人伤感。

但月亮还在。今月曾经照古人，月亮还是那枚月亮，不同的是，月亮现在挂在城市之上，城市的阳台之上，月亮的诗意与浪漫早已消失殆尽。在城市生活的人们早已忘记了，天空上还依旧挂着那枚曾经的月亮。

诗人说：月亮是夜晚的伤口。

而我总以为，月亮是城市的伤口，它悄悄地挂在城市上空，它是城市的暗疾。它是一千多年前，唐朝诗人笔下日暮渐新的乡愁。它更是多年前，时间在我的身体里留下的永远抹不掉的疤痕。

只是，在无尽的岁月里，我们都在月光下生活，我始终相信，月亮一定在你的夜晚悄悄来过。大地上凡是有月光的地方，一定住着某个人心灵的故乡。

一个人的村庄

父亲依然守着那个偏远的村庄，仿佛那个村庄就是他一个人的。

父亲坐在一把老式藤椅里，显得宁静而安详。那把藤椅是祖辈留下来的，已经变得巧黑了。父亲的头发花白，在阳光下，显得格外刺眼。现在的父亲老了，六十多的人，走路也不方便了，只是声音还是那么洪亮。随着时间的流逝，在渐渐老去的日子里，我仿佛又看见那个身强力壮的父亲，在夕阳西下时，从山坡上，从田间地头走向家时满脸泥土的样子。

村庄总是那么孤寂。

一个人的村庄，父亲是如何度过那个漫长的黑夜的呢？

过了六十岁，父亲的眼睛也不好使了，喜欢读书看报的父亲，戴着老花镜，一张报纸要看上大半天。父亲一个人住在乡下的老屋子里，屋子里光线微弱，昏黄的灯光下坐着我年老的父亲。一本残书放在案头，读累了，那本书还来不及合上，父亲就在旧式藤椅上半眯着眼睛，仿佛已经沉睡了很久的时间。父亲虽然文化不高，但仍旧喜欢阅读，床头常常放一大堆书籍，老花镜挂在鼻梁上，俨然一个旧式文人。

深夜里的村庄，不时传来父亲衰老的咳嗽声。土屋的墙壁已经斑驳陆离，墙面如同父亲满是皱纹的脸。几年前，母亲到城里照顾孙子，但父亲依然留在这里，一个人孤零零的，只有那无尽的黑夜，陪伴着父亲的老年时光。

我曾经一度忘记了父亲的年纪。但不经意间，父亲就开始衰老了。我们儿女们都在为了理想和现实的生活努力着，有时还顾不上老去的父亲。当某一个黑夜来临的时候，看着在院子里独自静坐的父亲，才发现父亲真的老了，老得有些不敢相认。

大学毕业后，我一直留在城里工作、生活，这也是父亲当年一直要我们努力读书，将来能够逃离那个贫穷的村庄的愿望，父亲的愿望实现了。但是，在很长一段时间里，父亲还是喜欢独自一个人守着那个孤独的村庄，守着家里的那几间老屋和几分薄田。

父亲不愿意到城里来，他其实是害怕增加我们的负担。母亲在城里一边带孙子，一边牵挂着村庄里的父亲。但距离实在是太远了，我和大哥工作的南方，离故乡十分遥远。但毕竟，一个人的村庄里，父亲最让我们放心不下。后来，大哥买了房子之后，想要接父亲到城里来住。父亲也一直犹豫着，父亲在很多年前，就想摆脱乡村贫困的生活，想成为城市里的一分子，但现在父亲又留恋自己生活了一辈子的村庄。

父亲坐了一天一夜的火车，终于到达了我们生活的城市，父亲母亲也终于不再相隔两地。父母和大哥同住，这一住，便是七年。七年的时间，父亲的背驼了，腿脚也不好使了。父亲一直想找个时间说说他那些过去的生活和回忆，他一直想对我说，但因为城市里工作的繁忙，我多次都忽略了父亲。有时候，父亲会说，城市的生活很好，什么都方便，但还是不及在乡村里自由。

父亲很多次都提出要回到老家去。

父亲说，家里的老屋，没有人管理，不会塌了吧！

下雨的时候，父亲说，屋子会不会漏雨，要是在老家就好了。

父亲一想起家里的情况，就给幺姑打电话，让她去看看那几间房子是否还安好。有时我总是责怪父亲，但实际上父亲的心情我是懂的。

后来有一次父亲和我说到了死亡的问题。

父亲说得很轻描淡写，但我却听着流了眼泪。父亲说以后要是死了，还是想回到曾经住了一辈子的乡村去，人死了不能老是漂在外面，要去认自己的祖先。

去年过年时，父母回老家探亲，在老家的舅舅家过年。送父母上车的那一瞬间，我感觉父母好像永远地离我而去，眼泪突然夺眶而出。我赶紧转过身去，生怕父母看到我内心的脆弱和无奈。

我知道，父亲他终究是要回去的，回到那一个人的村庄。我想，一个农民的一生，村庄是他永远的归宿。

小心轻放的爱

随着年纪的增长，怀旧的情绪就越来越浓，老想起小时候的事情来。

想起小时候，母亲在万籁俱寂的夜，守着我的睡床，轻轻地唱着眠歌，哄我入睡。那时候我还是一个在母亲怀抱里的孩子，母亲的歌声伴我入眠。

等我入睡以后，母亲才拿起手里的针线，为我们纳鞋底，绣上一双棉鞋。山村的夜晚，总有母亲静静地坐在我的身边。冬夜寒气袭人，风声呼呼入户，窗子被风给打开，油灯被风吹灭，母亲急忙关了窗，又点上灯，轻捻灯芯，看着我酣眠。那时候，只有母亲陪在身边，我才不会害怕。

从我有记忆起，母亲就是一个不爱说话的人。邻里的飞短流长，母亲不爱参与，只是默默地听。说到可笑之处，默默一笑，说到可恨之处，也只是低眉颔首，好像邻里之间的事情和自己无关。也正是这样的性格，母亲和乡里人的关系相处非常融洽。母亲在乡村也成了很多妇女的倾诉对象，因为母亲不会说别人闲话，对别人说的话守口如瓶。

母亲知书达理，从来不会脸红脖子粗地和谁家争执什么。就算我做错事，母亲也从来不会骂我，只是轻言细语地对我教诲，让我能够明辨是非。母亲从来都是静静地，虽然是一个农村妇女，但在我看来仍然不失安静与优雅。也正是这样，母亲对我们的爱也是温和的，静静的，感觉上是淡淡的，虽然从来不轻易说爱我们，但爱却在无声地流淌。也许是缘于一个农村妇女对爱的矜持和不善表达。

但我也习惯了这样的爱，静静的，轻轻的，她一直都在。

幼时读书阁楼上，深夜寒风凛冽，我裹着床单犹觉寒风吹彻。母亲站在我阁楼的门前，探进头来，轻声问我："君儿，冷不冷，冷的话就加一床棉被。"时至今日，我还想得起母亲问我时的语气和心情。因为阁楼是木板楼，人走在上面会发出响声，母亲怕打扰我读书，常常走路都是踮起脚尖，好像生怕踩疼了什么一样。但在静夜，在读书的点滴时光里，母亲踮着脚尖在阁楼上轻轻走动的步履，都轻声入耳。而今，回想起那些阁楼上读书的日子　裹着厚棉被，床头的油灯闪烁，母亲每每都是知道我睡下了，才会安心睡去。睡前，也不忘帮我盖好被子，然后帮我轻轻关上阁楼的门，我听到门扣在深夜里静谧的摇晃声。

在母亲的爱的庇佑下，后来我考入了当地的一所师范院校。大学毕业后，我到了一个小城市工作。现在，父母也随我到城市生活。因为长期以来对文字的喜爱，我也成了一个业余的写作者，有了自己的书房和藏书，再也不是阁楼上那个裹着棉被如饥似渴读书的小孩了。因为工作的关系，我也常常因为一个材料或者约稿而写到深夜。

母亲会和从前一样，轻轻地敲三下门，催我早点休息，叮嘱我要注意身体才行。有一次，我写完稿子大概两点过了，实在太饿，准备到厨房加餐，打开门时看见母亲蹑手蹑脚地从我房门走过。刚刚完全集中的神经，在那一刹那，被吓得半死。我当时就大声地训斥了母亲："这么晚不睡，还在干吗！吓死我了！"母亲看着我，顿了几秒钟，才说道："我就想看看你睡了没，天冷了，不要太晚了。"

那一刻，我想到了儿时在阁楼上读书的情景，才知道母亲习惯了一直默默地陪伴着我，我为我当时那句恼怒不孝的话感到惭愧。

儿时，在老屋的阁楼上，风轻轻敲打窗户，母亲担心我读得太晚；现在，母亲仍然和那时一样，像个贼一样蹑手蹑脚地听我房间的动静，害怕我熬夜太晚。只是，我已经不再是当年的那个小孩。但在母亲的眼里，我仍然还是那个在阁楼上读书的长不大的小孩。

母亲从来都不说爱我们，就像小时候踮起脚尖在阁楼上的静静的陪伴，在城市深夜像“贼”一样地“考察”我房间的动静，打探我是否已经睡觉的“鬼鬼祟祟”的举动。她给我们的爱都是轻轻的，小心轻放，静默无言却如影随形、无处不在。甚至到现在，母亲也似乎从来没有说过一声爱我们。

在这世间，美好的情感如此之多，母亲的爱，却是最无私和纯真。总是那么暖，那么轻，又那么重。母亲的爱如初春禾苗上的雨露，看似漫不经心，却滋润万物，润泽了我的一生，又如同一件绝世的青瓷，小心轻放的爱，让我成为天底下最幸福的儿子。

日 子

母亲在半夜醒来，时间大概是凌晨三点，村庄一片死寂，屋子里黑漆漆的。母亲伸手去拉那悬在黑暗中的灯绳，她极力探出身子，手悬在半空，然后又停了下来。时间还太早了，母亲缩回身子，拉了拉被子，又昏沉沉地睡过去了。父亲还在熟睡之中，屋子里回荡着他均匀的鼾声。夜晚的风穿墙而去，屋子里剩下风过之后的阵阵寒冷。

母亲睡得太沉了，被父亲叫醒的时候已经到了凌晨五点。父亲习惯在五点夜起，看见一旁的母亲还在熟睡，叫醒她有些不忍心。但又不得不叫醒母亲。母亲要赶在天亮之前去镇上的集市卖菜。屋子里还是黑漆漆的，父亲没有打开灯。母亲在黑暗中一边穿衣一边问父亲几点钟了，她为自己贪睡而感到懊悔。窗外已经开始泛白，和往日比已经迟了大半个小时，有些手忙脚乱的母亲将昨夜在菜地收回的大白菜、葱、姜等装进两只箩筐，然后将收钱的布袋子放进衣服的最里层。

母亲穿了那件平日常穿的花布小棉衣，那是母亲结婚时唯一的一件嫁妆。她用扁担挑起装满蔬菜的两个箩筐。扁担在黑暗中泛着光，随着母亲沿着山路起伏的步履。沉重的两箩筐蔬菜，至少也得有一百来斤，但瘦弱的母亲却在山路上走得很快。天越来越亮，母亲焦急的额头上一直冒汗。母亲撩了撩额前被汗水打湿的头发，朝着集市的方向，迈着坚定的步子。

是的，管不上那么多了，时间紧，太迟了就占不到卖菜的好位置了。

父亲起床之后，整理好自己的行李，将母亲为他煮好的二十个鸡蛋装进帆布包里。这一天，父亲要翻过另外一个山头，去往遥远的外省做工。父亲在回来的这段日子里，帮着母亲分担着乡村的劳作，母亲经年的疲倦也稍微有了缓和。但在家里待久了，家里的花销从哪里来。

在前几个夜晚，趁着我们兄弟俩睡了之后，父亲和母亲有过交谈。

父亲说："再过几天，等天气稍微暖和一点，我就要到外地去做工了，在家里没有收入，孩子上学怎么办？"

短暂的沉默之后，母亲说："这次走了什么时候才能够回来？家里没有一个男人，孩子还小，犁田锄地没有劳力，又得去求人。"

乡村的夜晚越来越寒冷，我裹在单薄的棉被里，听着父母的对话，心里颇不是滋味。母亲希望父亲能够留下，翻过年去后翻田种稻，哪一样不需要男人。但没有办法，出去务工太迟了，人家工地上已经招满人了，所以父亲还是狠下心说："那就再等两个星期吧！"在夜里，我知道从不流泪的母亲肯定流泪了，所有委屈的泪水由她心爱的男人帮她擦干。

母亲在集市上找到自己原来卖菜的位置。她把菜摆好，轻轻地浇一点水在菜上，让菜看起来新鲜，好像刚刚从地里摘下来一样。这时候，母亲才想起今天父亲也要出门去外省务工，母亲挑着箩筐出门时，太过焦急了，居然忘记了父亲出门远行的事情，忘了和父亲说上几句道别的话，心里一阵懊悔。

天亮之后，集市上买菜的人越来越多。母亲的菜总是很受欢迎，一来新鲜，二来菜的斤两足，只有多不会少。买菜的老顾客居多，说得开心，母亲还会送一两棵大葱。但有时也会遇到那么几个赖皮，偏说母亲的称不准，短斤少两，要再加上一点菜。母亲说我的称是足的，但你要是以短斤少两为由要求再加菜，没门儿。母亲刚毅的一面表露无遗，后来也再没有人找母亲的茬，反而很多人都来母亲这里买菜。

母亲的两箩筐菜很快就兜售一空，母亲将收来的零钱一沓沓地装进布袋子里，将它裹了又裹放进棉衣的里层。但和往天不一样的是，今天母亲总觉得心里空落落的，她现在才想起自己挑着箩筐出门时，丈夫跟她说：“天黑路陡，自己要小心一点。”她挑起箩筐急匆匆就走了。黎明前的黑夜里，父亲一直在门前站了很久，也许是在等待母亲那句离别的暖心的话，也许是父亲面对家的不舍，后来父亲也背着背包出了远门。

家里的日子又剩下了我们仨。母亲依旧每天早上早出卖菜，几乎没有间断过，卖完菜还要忙着家里的农活，雨里来风里去，到了农忙季节，还得请人帮忙，母亲一个人是忙不过来的。但母亲几乎一个人完成了不可能完成的农活，卖菜，种地，种稻子，母亲是这个村子里最勤劳能干的女人。

我到现在也无法想象，母亲是如何能够做完那么多的活儿？又是什么力量让她一直这样坚守着，从来没有抱怨过？

而我和哥哥，在静夜里读书，从这个村子走向远方，后来都在城市里生活。现在的日子和那时比起来，那时候的日子真是太苦了。但是再苦，日子也过得有意义，有奔头。母亲为了自己的两个儿子，再苦的日子都能够过成幸福。

很多年过去了，即便生活赋予我们再多的幸福，但父母还是会说起那些相依为命的日子，说起那些卖菜的日子，说起那些外出务工的日子……

那些日子依旧在记忆深处，在那个乡村的夜晚，母亲要早起到镇上卖菜，父亲要去远方务工，我和哥哥在夜晚里沉睡，紧巴巴的日子被夜晚的风吹得飘飘荡荡。

牵着母亲的手

那是 20 世纪 90 年代的事情了。

我们一家人还生活在长江边上的一个小镇上，镇上的岁月清贫而宁静。

黄昏到来的时候，夕照洒满宁静的大地，谷物闪着金光。母亲背着收割后沉重的稻子，一只手拿着弯弯的镰刀，一只手牵着我裹满泥巴的小手，走在回家的路上。那时候我才四岁，成天跟在母亲的身后。夕照之下，秋收后的大地一片荒凉，母亲牵着我的手回家。我是母亲的一只小牛犊，但更像是一株失落的稻子，贫瘠而瘦小。

等长大一些，每年春节，母亲都会带着我到城里的伯父家拜年。母亲背着大米和一些五谷杂粮，还有腊肉等作为拜年的礼品。那时候母亲牵着我的手，一起步行到达长江边上。长江之水浩浩荡荡，一往直前。江水的对岸便是县城。那时候还没有长江大桥，只有过江轮渡，母亲拉着我的手上船。

下船的时候，因为人多，我和母亲被挤散了。在下船的人流里，我再也寻找不到母亲，随着人流被推着往前走，我听到母亲唤我的声音，但我因为太害怕而说不出话来，又怕又急，竟然发不出半点声音。

那一日，天气异常寒冷。我的手被冻得通红，眼泪在寒风中流成一道伤口。我和母亲走散了。因为急着找母亲，却没有站在原地等母亲来寻我。

我沿着人流往前走，站在一个十字路口，似曾相识，但终究走反了方向。

码头上的雾气还未散去，春节的气氛还不够浓重，大同小异的趸船，在江边停泊，我却再也寻不到刚刚下船的那艘轮渡。

那时候我六岁，在寒风吹彻的码头上，找不到母亲，我哭成了一个泪人。后来母亲和伯父一家人在码头上找到我。我仿佛看到母亲曾在码头上的每一个角落唤我。在看见我的那一瞬间，母亲的眼泪流了下来。她把我紧紧抱在怀里，半天也没有松开。

经历这次走失之后，母亲每次带着我出门都紧紧抓着我的手，哪怕我到中学时期，出门时，母亲也不忘抓着我的手，生怕我走丢了。母亲也不止一次说起那时我走丢的事情，心里总是过意不去。但在我逐渐成长的岁月里，虽然有那么一次走失，但每走一步都是母亲在我身边陪伴。

后来读中学、大学，一直到工作，我像一只远飞的候鸟，辗转在陌生的他乡，告别了那个遥远的山村，别离了我的母亲。我是那个远行的人，在母亲遥远的视线里，越走越远，远出母亲的地平线。母亲还在那个山村的老屋里，独自守着山中的寂静岁月，那里存放着我的童年，有我的回忆，有母亲的温暖。

母亲愿意在乡下生活。母亲说，城里人多，没有乡下的空气好，人多了，感觉堵得慌。一直到前几年，我才说服他们，将父母从乡下接到城里，和我们一起生活。

母亲老了，却还要去超市，去菜市场，提着沉重的菜篮子，与那些商贩讨价还价。一早一晚还得接她的宝贝孙子。母亲又何时能够闲下来呢?

那一次置办年货，我和母亲一起到菜市场，母亲紧紧拽住我的手。我的心里一颤，想起儿时走丢的经历，那种害怕和伤心一拥而上。我明显感觉到母亲的手是那么用力，几乎是将指甲掐进了我的肉里，有些钻心的疼。

我知道母亲一定是和我一样，想起了我儿时走丢的经历，心里在悲伤着呢。她看到人头攒动，怕我走丢。而那种疼痛再难受，我也不忍心甩开母亲的手。那种疼痛正渐渐进入我的血肉里，在生活中一点也不敢懈怠。现在的我，牵着母亲的手，走在城市的大街上，有一种不安，害怕的却是时间越老去，某一天，我把母亲弄丢了。母亲丢了，我将要到世界的哪个角落找寻呢?

我不知道是哪一天，我不再牵着母亲的手，也许是自以为长大的缘故吧。但此刻，我想一直牵着母亲的手，像母亲儿时呵护和关心地牵着我的手一样，寸步不离，就算岁月再老，就算沧海桑田。

乌篷船

读中学时，我曾有过漫长的绘画练习。那时候，几位同学同在美术老师的画室练习素描。美术老师留着长发，瓜子脸，瘦削，他是一个不折不扣的艺术家。他的美术课很有吸引力，常在不经意间就在黑板上呈现一幅大作。学生们因此惊讶不已。于是很多学生就慕名成了他的培训生。

画室在学校的一间平房里，那里是一个比较偏僻而安静的去处，画室里面到处都是石膏像。我们坐在其中，开始最初的绘画练习。窗外的蝉一直叫个不停。但是，三个月过去了，那个夏天也悄悄溜走，我最终没有坚持练下去。一是因为画石膏像枯燥乏味，另一个原因则是学习绘画的费用家里承受不了。那时大哥正上大学，家里的开销比较大，根本就没有太多的闲钱来支付培训费以及买各种美术用品。于是，我的绘画之路就此戛然而止了。

但我知道我是喜欢绘画的。大概六七岁的年纪，刚上小学一年级。我们将金黄的油菜花摘下来在白纸上染色印花。我们将桃花的花瓣夹在书页里，让那桃花的粉红色印在书页上，那粉红如同姑娘的脸颊。书里也散发出花瓣淡淡的香味。印象最深的是，当时乡间有一种杂草，其叶子类似一棵树的形状。于是我们将其摘下来，放在白纸上，轻轻一压，白纸上便印上一棵挺拔的绿树。后来知道，那是乡间的一种蕨类植物，那黄绿色在记忆中是那么清晰。后来大了一些，在小学的课堂上，我们开始学画画。每个学生交一元钱买一盒颜料。小小的一盒，类似火柴盒那么大，里面有很多种颜料。那时我们的小学没有专门的美术老师，曾老师教我们语文、数学的同时，还教美术和体育。

记得有一天，曾老师走进教室，他让我们背苏轼那篇《饮湖上初晴后雨》："水光潋滟晴方好，山色空蒙雨亦奇。欲把西湖比西子，淡妆浓抹总相宜。"同学们在背书声里结束了那天的晨诵。然后，只听曾老师说，今天我们这节课是美术课。于是大家都乐开了锅似地欢呼雀跃。毕竟，在那时的小学是很少有美术课的。那时候是小学三年级，我们还从未上过一堂像样的美术课。我还清晰地记得那一堂课，曾老师让我们描摹课本上的乌篷船。曾老师让我们先用铅笔在画纸上勾勒船的轮廓，然后再用颜料给船着色。一节课过去了，并未有同学完成，大家互相看同学所作的画作，简直不敢想象那就是一只船。有的同学将那乌篷船画成了一个大葫芦，有的画成了一个提篮的样子，更有甚者，画成了一只走了样的大花猫。我们看着大家的画笑得前仰后合。

那节课上，我认真地描摹，乌篷船基本画成。于是我忽发奇思妙想，在乌篷船的船头加上了一个船公。他拿着竹篙轻轻地划着水面，头上戴着一顶草帽。竹篙和草帽都是我们所熟悉的事物，我画起来得心应手。第二天，那幅画被老师评为了最佳，并表扬了我的创意和天赋。那幅画被贴在了教室后面的墙上。

现在想来，仿佛那面墙上还有我那幅画斑驳的痕迹。也正是那幅画，给了我画画的兴趣和信心。只是，很多年过去了，我却终究没有走上绘画这条道路。却在无形中，与文字为生，我走上写作这条路了。

而今，闲暇时间，朋友经常邀我一起去看画展。看到那些精美的画作，心中无不感慨万分。我像一个幼稚的孩童问友人，我现在学习油画还来得及吗？朋友嫣然一笑说，当然可以，肯定大器晚成。我也欣喜地付之一笑。朋友看我不屑的神情，给我举了很多大器晚成的例子。美国的摩西奶奶七十岁才开始绘画，而家喻户晓。我只是听着，默默点头。朋友接着说现在很多的诗人也转型画画，他列举了那位写《阳光中的向日葵》的白发苍苍的诗人。他半路出家，抽象派的油画照样卖出好价钱。我投去羡慕的目光，但我知道我的能力是不及的。

人随着年纪的增长，会逐渐知道自己会走向哪里。也许，现在再学习绘画，对我来说并不是很奢侈而遥远的事情。人在岁月中慢慢丧失了那份年少的执着，转而走向自己更熟知的领域，这也许对我来说就是一种冥冥中的安排。只不过朋友并没有死心，在一个周末她给我买来了一些颜料、毛笔和宣纸，让我在空闲时间练一下。我诧异之外，真是感激涕零。我把它们放在书房里，却一次也没有去尝试过，辜负了朋友的一片好意。现在想想，好不遗憾！当年是因为家里经济拮据，我不得不放弃学习绘画。而现在却因为太过现实，在谋求生活时，却没有那么多闲暇让我重拾梦想，而不得不放弃绘画。

但是，在我的心中永远有一幅画。它就是在雨色空蒙中，一位船公手拿竹篙，头戴草帽，在那只乌篷船上轻轻地划着水面的画面。那一只乌篷船依旧在我的世界里荡漾划行。只是，许多年过去了，在我的成长岁月里，乌篷船渐渐褪去了它的颜色，显得斑驳陆离，与现在的生活渐行渐远了。

母爱的地平线

从母亲的电话里，我得知母亲病了。

母亲的声音低沉，喑哑，有些哽咽。在南方生活的母亲，还是适应不了南方的潮湿、闷热。一到春、秋两季，母亲就会患风湿、关节炎、腰椎间盘突出，这些病症严重困扰着母亲。我知道母亲老了，不再是那个为了我们读书日夜操劳的母亲了。母亲老了，再也不是那个在田间地头里风里来雨里去的母亲了。母亲电话里的声音，明显有些力不从心。我知道母亲一定是有什么心事，但她还是说着关切我的话。我感觉得到母亲声音里的脆弱和孤独。

这几年来，母亲是越来越老。她喜欢一遇到什么事情，就打电话给她的小儿子，即便什么也不说，什么事也没有。但我知道母亲心里的事。母亲越老就越孤独，越老就越想找个人说说话。母亲没有女儿，只有两个儿子，大哥和我。在母亲的世界里，一直想要一个女儿，心底的话可以对女儿说。但是没能如愿。母亲常常抱怨："我这一辈子命苦啊，一个人伺候你们三个男人。"我听出母亲话里的艰难。现在母亲也不会抱怨，她常说的是身体的疾病。母亲说，要是年轻的时候，现在还在坡上种地呢，现在人老了，病也不认人。从来不服输的母亲，现在也开始变得软弱了。时光真是无情，任凭你如何坚强，它总会让你越来越软弱，向它妥协，向它俯首称臣。就像母亲，也慢慢地开始承认自己老了，也开始在她的小儿子面前流露自己的伤心了。

那一年秋天，母亲离开了老家，被哥哥接到了南方城市。那时，我已经大学毕业，在老家的一所中学教书。母亲南下，离我越来越远。哥哥军事大学毕业后被分配在了南方一个城市里。很快，哥哥结婚，生子。母亲除了照看哥哥的儿子也就是她的孙子之外，还负责买菜、洗衣、做饭。在乡下忙了一辈子的母亲，现在到了城里，也一刻不得闲。母亲因为有了孙子而沉浸在无比的喜悦之中。母亲抱着孙子，就像抱着儿时的哥哥和我。母亲给年幼的孙子说着我们小时候的故事。

但是，到了城里，做饭这件事却让母亲很为难。在生活紧张的时候，母亲做饭常常是一大锅红薯，上面蒸一碗米饭，一大锅青菜半碗米。做惯了这样的饭菜的母亲，到了城里，却遇到了万般挑战。很多菜还得慢慢学，母亲为了做菜，还在地摊上买了一本川菜菜谱。母亲虽然小学只读了三年，但在长年督促我们学习的时候，也认识了很多字。母亲开始跟着菜谱里的要求做，慢慢地，菜也越做越好。嫂子是南方人，不习惯吃辣，但母亲做南方粤菜却很难。但也慢慢地学会了煲汤和做粤菜。

有一次母亲打电话来跟我说，要是自己有个女儿就好了，就不用什么都要自己操心。我知道母亲心里一定藏着什么事情。母亲说没事。后来我才得知，是嫂子在平常和人聊天的时候，无意中说到母亲不怎么会煲汤，母亲又从一个阿姨那里听到这话。这让母亲很伤心地哭了一回。而这些委屈母亲又会对谁讲呢？哥哥忙于工作，长年在部队，他基本没有耐心听母亲的唠叨。母亲每次都会打个电话给我。但母亲又害怕影响我的工作，常常说没事没事，就是人老了，不中用了。母亲总是说，把孙子带大一点就回老家去，那些土地早就荒芜了，长满了杂草。可是，这一说就是七年，母亲到南方城市也有了七年。现在孙子也上小学了，母亲得每天接送孙子，母亲也舍不得这个宝贝孙子。母亲的世界，依旧是那么的繁忙。

为了我们这个家，母亲忙了大半辈子，她永远都是在照顾别人。现在，在她的世界里，又多了一个男人，那便是她的孙子。现在孙子也有七周岁，是母亲一泡屎一泡尿带大的。孙子还小的时候，每天给他换“尿不湿”。换一次母亲都皱眉头，要是用尿布该多好啊！又经济又实惠。母亲不知道在这个南方城里的世界和我们儿时的世界有多大的不同。在我们还小的时候，父亲外出做工挣钱，母亲一个人要忙完地里的农活，忙于生产，忙于耕种、秋收；快开学了，忙于给我们凑足学费，给我们缝制新衣服。每天早上很早起床，做好早饭，送我和哥哥去上学。那时候的母亲，年轻，漂亮，能干，永远是我们的依靠。母亲不让我和哥哥做农活，要我们好好读书，将来考上大学。母亲一个人承担了家里所有的劳动，承受了这个家太多的苦。

那时候，哥哥在县城里读高中，我在镇上的中学读初中。每个月回一次家。哥哥常常从县城走回家，为了节约四块钱的路费，一走就是五个小时，到家的时候，天已黑尽。而我，母亲的小儿子，在镇上读书，不愿走崎岖的山路，还要坐两元的大货车回家。现在想起来，那时候的我真是太不懂事了。只是觉得有母亲在，什么都不怕，哪里知道，母亲心灵世界里的苦和累，哪里知道母亲在秋收后荒凉的大地上，在一场秋天的细雨里一个人默默流泪？

在我的印象里，是母亲撑起了这个家。母亲说，没事，儿子，只要你们有出息，我做什么都值得。那时候，觉得母亲就是依靠。母亲常常抚摸着我的头说，儿子，要是你以后考上大学，在城里工作，会不会也把我接到城里去享享福啊！那时候，我信誓旦旦地说，妈，放心，肯定会的。等长大了些，了解了一些人生世事之后，才知道那时候，母亲的力量和勇气全来自于她的两个儿子。为了儿子，她有使不完的劲。母亲给予了我们年幼的心灵以善良和坚韧，让我们在这个世界上，得到无尽的财富和成功。

母亲就是这样，在一生的劳累里，落下了病根。自从那次崴了脚，脚痛就一直没有消停过，到了雨天就痛。前些年，在老家，查出有胆囊炎，还经常头痛。母亲总是摁着胸口说，等隔一段时间就好了。就像那些乡村邻里之间鸡毛蒜皮的小事，忍一忍就过去了。母亲的病都是长期的体力劳动累出来的。而今，这些年来，生活条件好了，也没有那么繁重的劳动。母亲还是闲不下来。除了哥哥家里的杂事之外，一有时间就出去捡塑料瓶、纸皮之类的拿去卖。多次劝说，母亲都不听。母亲说，看看这城里的人啊，多浪费啊，心痛啊！一件衣服穿了好几年都舍不得扔，舍不得换。那一年从老家南下时我给她买的外套，现在还在穿，一穿就是七八年。然而，最让我担心的是，母亲的腿。母亲在南方的潮湿天气里，腿脚越来越不好使，一旦寒潮来袭，母亲的腿就走不了路，风湿、关节炎等疾病就跟着来了。

那天，我在给学生上课，母亲打电话过来。我摁掉电话。没想到母亲又接二连三地打过来。我只好接，我说我正上课呢，妈，有什么事吗？母亲没有说话，半天才说了一句，你怎么不接我电话？母亲在那里生气。我再三解释，上课不能接电话，我说晚点再给你打过去。母亲像个孩子一样说道，那你记得给我打过来啊！我接着说，有没有什么事啊？母亲就把电话挂了，里面传来嘟嘟嘟的电流声。我知道母亲一定是在电话那头伤心。母亲老了，越来越像个孩子，会因为一点小事就生气，发脾气。母亲老了，再也不是当年那个为我们遮风挡雨的母亲了。母亲老了，再也不是那个在人前人后指挥若定的母亲了。母亲老了，一生的坚强，劳累，现在疾病找上门来了。一辈子风风雨雨，忙里忙外的母亲还是没能闲下来，母亲的世界就是忙碌的代名词。

透过窗，我恍惚间看见雨落在川东家乡的田野上。母亲在雨中，背着一大捆麦秸秆，走在泥泞的田埂上。雨水顺着母亲的发丝，从脸上滑落下来，雨水裹紧了母亲单薄的补丁衣服。那带着体温的晶莹剔透的液体是母亲的泪吗？那时，我忽然觉得，我还是那个在田野上无所事事的孩子，那个在中学课堂上学习中国文化的中学生。母亲是我最大的依靠和保护神，我依偎在母亲的怀抱里，一滴泪从母亲的眼里滴落下来，像一颗颗珍珠，落在那些艰难前行的岁月里，又是多么珍贵。

听天气预报里说，近日南方，潮湿，东南风。我在泪眼蒙胧中，看见：雨，落在南方的城市，沙沙，沙沙沙。它打在南方中国的大地上，像母亲的病，在疼痛。此刻，我站在雨里，在远离母亲一个故乡的距离里，接着母亲的电话，我看见被雨水打湿的春天泛着绿意，正在悄悄赶来。

我们都是母亲的孩子，无论我们走多远，也永远走不出母爱的地平线。

夜光虫

在夜晚的微光下，一切事物都变得安静下来。

在海边夏天的夜晚，我们在沙滩上散步，发现在海边的礁石附近，海水里散发着绿光。友人说那光是夜光虫散发出来的。那是我第一次见到如此神秘的夜光虫。在那荡漾的绿光里，我们如同处在神秘的海岛之上，一切都是那么安静而美丽。海风吹来，打在脸上，让人欣喜、迷醉，仿佛灵魂也随着荡漾起来。

书上说，夜光虫是生活在海里的浮游生物，随着海水的荡漾泛出绿光。那光亮如同祖母绿的宝石，晶莹剔透。我们从海边的渔家借来一条船，租借两小时，为的是在这样的夜晚，享受这美好的一切。当然，渔家一辈子都生活在这里，他们也许早就对这样美丽的夜晚毫无感觉了。

我们一起躺在满世界充满绿光的游船甲板上，任海水飘荡，任风轻轻地吹。我们置身于黑暗之中，平静安详，却没有丝毫恐惧。如同日本作家江国香织所说的“拥有栖身之地的心情”。在这个海上的夜晚，我们似乎真的找到了栖身之地。那一切的美好，都因了夜晚，因了这散发绿光的夜光虫。

这又让我想起大学时代在夜里的台灯下读书的旧事来。

在昏暗的夜光之下，我将自己独自打开，在黑暗中阅读、思想，绽放自己。或者，透过宿舍的窗口，独自望着窗外的城市。在迷蒙的灯光下，这个城市的喧嚣和浮华，就如留声机最后的独白，慢慢地在夜里淡去。

一个人在静夜里醒着，有着迷茫的青春和虚妄的思索。那种独自打开自己的夜晚，什么也不想，也是如此美妙。

在夜晚的黑暗中，你才会发现自己和万物一样，是如此渺小，如同宇宙间的一粒尘埃，如沧海之一粟，是无边无际的黑暗中的一个光点。但一个在黑暗中跋涉的人，如果心是亮堂的，他将在夜里闪烁着光芒。那光照亮了黑暗中的一切，包括内心孤独和阴影的部分。

以至于，到现在，我依然喜欢黑夜。

在城市的夜里，从单位下班后回到自己的住处，吃完晚餐，散完步之后，我便开始写作。一个人在夜里写作，从来不觉得孤单和寂寞。

在黑暗中的心情如同春天的风吹，空空如也，又似乎抓到了些什么。

后来慢慢有了自己的家，有了自己的书房，写作也就成了常态。

一个人坐在书房里，透过书房的窗看出去，城市的灯火明明灭灭。在我面前的夜晚，仿佛是夏天的那片大海，四处散发着绿光的大海。有时我想，我多像那在夜里发光的夜光虫，坐在这个深夜，独自散发着微弱的光，用卑微的文字去温暖和感动在这个世界上依旧在黑暗中赶路的人，企图去唤醒在迷茫中前行的人。

这个城市里，还有多少人，在独自散发着自己的微光，如同那海水里的夜光虫一般？

是的，我们把自己抛在黑暗之中，只要内心足够光亮，足够善良，足够美好，在何处都能找到心灵的栖身之地，在何处也都能找到自己——那个像夜光虫一样的发光体。

那这一切便有了希望。

泮塘路上茉莉香

我是一个十足的花痴。

对花的着迷，喜欢花开的季节，喜欢花的美和香，这是我对花的一种痴。很多时候，我却是一个花盲。常常将月季花当成了玫瑰花。这样的笑话闹出了很多。我也常把茉莉花同栀子花混淆一起。这两种花都是绿色的叶子，白色的花瓣，发出细微的芳香。我是难以分辨它们的。对花的误解，让我成了一个虚伪的爱花人。

到广州的第二年，我住在周门街。从周门街往外走，经过中山八路就到了泮塘路。我喜欢经过泮塘路去荔湾湖散步，白天忙碌工作，傍晚那条街、那片湖成了我心灵的慰藉。在泮塘路的转角处，有一个小小的巷子，巷子散发着古老的历史幽香。在巷子里有一个很不起眼的小花店。与其说它是一个花店，不如说是一个卖花的小地摊。

卖花的阿姨大概五十岁，几乎每天都在那里。于是，在那个小巷子的尽头，一年四季都摆着许多花。种类繁多，但大多数都我不认识的。有一次，我经过泮塘路，看见了那几束花形似栀子花，清新的白色在花丛中很扎眼。于是，我用蹩脚的广州话问道："那几束栀子花，点（怎么）卖？"因为在我儿时生活的乡下，院子外就有几株栀子花，所以我自以为认了出来。卖花的阿姨拿起那一束花，说道："你说的是这种花吗？"我点头，她脸含微笑，接着说：“这不是栀子花，这是茉莉花！”我微微一笑，表示很抱歉。我知道，我确乎是一个十足的花盲，或者是一个单纯热爱花的白痴。

在乡下，在我家的院子外确有那么几株栀子花。花开时节，院子里常常闻到栀子花香。只是那时，在乡下的日子，并未被栀子花的美所吸引，也并没有去观察过一朵栀子花。以至于对栀子花的印象还是比较模糊的。所以，我才会把茉莉花误认为栀子花。

其实，我们对茉莉花并不陌生。那首民歌《茉莉花》就是小时候常听到的歌曲。今人常以茉莉入茶茗，借其芳香让茶更有了独特的香。茉莉花茶是我们所熟知的。但真正认识和了解茉莉花却未曾有过。也就难怪我对茉莉花的误认，以致对茉莉花的深深误解。

之后，在卖花阿姨的介绍下，我认识了茉莉花，也误打误撞地买了两束茉莉花。同时我还买了两个圆形的小花瓶。我将茉莉花插在花瓶里，放在我的书桌上，每每看书和写作，均能闻到茉莉散发出来的淡淡的清香。清香扑鼻呢！

那是我人生第一次认识茉莉花，在认识它之前，只是在茶杯里认识干枯的茉莉花茶。也正因为这次误认，我弄清楚了茉莉花和栀子花的区别。茉莉花的叶子不及栀子花的粗大，它的叶子是嫩绿的，而栀子花却是深绿色的。茉莉花只是小小的一朵，如同女孩脸上的浅笑，栀子花却要大得多。茉莉花是洁白的，典雅的，质朴的。如果把它放在花丛里，或者杂植于绿草里，它肯定被荒草淹没。因为，它一点也不耀眼，从不炫耀自己。但是，它所有的平凡配上它的清香，就完全不一样了。它清新脱俗，香远益清，开放而不呐喊，它寓意着清纯洁白、贞洁而质朴。

从那时起，每年我都会去泮塘路买茉莉花。即使我早已搬离了周门路，但每年的六月，我都会到泮塘路买茉莉花，那曾经被我深深误解的茉莉花。这样想来，对于我这样一个爱花人来说，从茉莉花身上，多少看出了我对花的痴。

我也常向朋友们推荐茉莉花。我买茉莉花时，常常会多买几束，以便送给爱花的朋友。但有的朋友和我一样，也把茉莉花误认为了栀子花。我默默地偷笑，世间也有和我一样不识花之人。当然也有朋友接过茉莉花时，略有鄙夷之态，但我毫不介怀。也许是茉莉花真的太普通了，人们还未曾真正地了解茉莉花。

每个人的喜好不尽相同，有人喜欢火红的玫瑰，有人却喜欢淡雅的茉莉花。我想，花真的需要一个懂它的人的。不然，我们会亵渎一朵花的美好。

花是有生命的，它在朝着那些懂它的人微笑呢？

我们生活在这个喧嚣与繁华的城市，人与人之间也会有误解、相识、相知。其实，懂是这个世界上最温情的语言。

后来，在广州这个城市，我搬去了更偏远的地方。大约有两三年，我再没有回过泮塘路。那红灯笼、小雕窗的西关大屋下，那个幽香的小巷子还在吗？小巷子尽头那个小花摊还在吗？

又是六月，茉莉花开。

我仿佛看到那个卖花阿姨在泮塘路温柔的灯光下的样子，似乎闻到了泮塘路上那独有的茉莉花香。我想再去那个巷子里买两束茉莉花，然后再经过泮塘路去荔湾湖走走，荔湾湖上的荷花也差不多开了吧！

父亲的手推车

和所有的夜晚一样，城市的夜，经过一天的喧嚣终于静了下来。它穿过城市的街道，然后大摇大摆地涌进人们敞开的窗户。

我坐在这样的夜里，这一天的忙碌与疲惫，似乎有了暂时的缓解。我享受着这夜的静谧与美好，心里顿时安静、明亮起来。

然而，电话铃声打破了这夜的宁静。我极不耐烦地接了电话，里面传来一个中年男人的声音："这里是 ×× 路派出所，请问是 ××× 的家属吗？"

我的心里一怔，提到的那个人正是我的父亲。于是我接着说："是的，有什么事吗？"

"请你到 ×× 路派出所来一趟！"紧接着对方就挂了电话。挂断电话后"嘟、嘟、嘟"的电流声，和这个安静的夜有些格格不人。

我这才回过神来，派出所？难道父亲出什么事了吗？我披上外套急忙往外走，心里有一种不祥的预感。外面的夜在城市灯光的照耀下越显冷清，快进入腊月的夜，风吹来，有些彻骨的寒冷。我坐上一辆出租车直奔派出所。

到了那里，已经是深夜了。我看见父亲坐在值班室的一个木凳子上，低着头，神情有些沮丧。一个搬运货物的简便小推车，靠在墙上，紧挨着父亲的脚。

我喊了一声“爸”，父亲如同获救般地抬起了头，白发在灯光的照射下越显刺眼，眼睛里也布满了血丝，完全没有了光泽。父亲没有说话，只是看了我一眼，嘴角挤出了一丝苦笑。父亲像一个犯了错误的孩子，轻声地对民警说：“我儿子。”那一刻，我的眼泪一下就流出来了。

民警转过身来，对我说：“以后不要让老人家出来帮人拉行李啦，也赚不了多少钱，现在有一些不法分子借帮人拉行李敲诈勒索，经查实，你爸爸没有参与这个团伙，带老人回家吧！”我心里有一种说不出的心酸，原来之前爸爸说喜欢在晚饭后出去散步，其实是偷偷去帮人拉行李。劳作一生的父亲还是闲不下来。

我说：“爸，回家吧！”

父亲站了起来，身子有些摇晃，我赶忙扶住父亲。

父亲顿了顿说：“也没什么，没事干就在火车站帮人拉了几件行李，也没干什么违法乱纪的事，你说这警察真是的……”

我听着父亲的话，我什么也说不出。夜里的风吹得更紧了，我脱下外套给父亲披上。在夜里寂静无人的街上，我更像是父亲，父亲更像是儿子。

父亲说要到我的住处，但我那儿又小又乱，我还是坚持要送父亲回哥哥家。父亲从乡村到城里来之后，一直和哥哥一家人住。

我跟哥哥说了事情的经过，哥哥一听是到火车站帮人拉行李，就非常生气，说道：“我说了多少次了，自己在家里好好休息，不要去做其他事情，就是不听。”哥哥也是某单位的一个小领导，说起话来总是领导语气。父亲坐在沙发上，一语不发，像个受了委屈的孩子。

哎，这时我才知道，父亲为什么要告诉民警我的电话，为什么主动要求到我那里去。他是想在我那里寻求庇护啊，那时我怎么就没有想到呢。看着父亲委屈的模样，我的心里充满内疚。

突然，父亲好像恍然大悟，说道：“君儿，我的手推车还在派出所呢！”

然而这句话被哥哥的一句“丢不丢脸”给生生地挡了回去。然后是一声响亮的关门声。那一声“砰”的关门声重重地撞在我的心上。我想跟哥哥说什么，然而也被那声关门声给阻挡在外了。

我知道哥哥没有恶意，也是出于对父亲的爱。只是不能理解父亲的行为，家里条件好了，也不差那点儿钱，父亲还是喜欢偷偷出去做事。先前是捡纸皮和塑料瓶去卖，被哥哥严厉禁止了。父亲将搬运货物的简便小推车藏在杂物间里，借散步又悄悄去帮人拉行李赚点钱。父亲总是说，现在城里的生活消费高，不想我们太多负担。

然而看着父亲日渐衰老的样子，我们心里有着说不出的难受。

我对父亲说：“爸，洗洗睡吧，没事了，以后不要再去做这些事情了。”

父亲说：“知道了，你回吧！”

在这个城市渐渐睡去的夜晚，父亲坐在沙发上，是那么脆弱和不堪一击。

我有很多的话想对父亲说，可是却怎么也说不出来。

父母的爱情

一

我一直以为父母之间的情感肯定不是爱情。

他们太朴实，也太普通，甚至一生都没有什么可以值得称道的故事。

在八月份的时候，父亲生病住院了，得在医院治疗一段时间。平常一直很坚强的父亲，躺在病床上，变得脆弱不堪。

而在入院的前几天，一家人到处托人找病床，大城市里人满为患，很难找到一家合适的医院。最后经朋友帮忙，终于在胸科医院找到一处两人间的特殊病室。

父亲和后来搬进来的另外一位老先生同住一间病房，虽然条件相对简陋，但在这个医院，也算是很好的待遇了。

我每天进出医院，陪护父亲。

我带父亲去做检查，拍CT，看着父亲日渐老去的身躯，我说不出多心酸，但每次总是极力控制自己，不让眼泪流下来。

二

因为每天在医院的缘故，和临床的老先生也熟悉了。

老先生姓李，早先参加过抗美援朝的战役，身上有数处伤疤。他有四个儿女，每一天轮值照看老先生。老先生的病情比较严重，而同时和自己一起住院的老伴因为没有双人间只好挤在另外一个护区的四人间，和几位病友合住。

去看父亲的那个上午，我同样见到了李老先生。

此时的李老先生正好在几位护理人员的帮助下准备吃饭。从护理人员的眼神可以看出来，李老先生吃饭的情况不是很好，很不愿意配合。当一个医护人员用勺子喂李老先生营养剂的时候，居然被他一下子将勺子打翻在地。不管护理人员怎么想办法哄他，李老先生就是不吃。而在护理员很懊恼的时候，李老先生居然在泪眼婆娑中说起他和自己妻子的故事来。他说，那时候自己还很小就参军了，他的妻子是他青梅竹马的玩伴，知道他要参军的时候，就斩钉截铁地告诉他，会一直等他回来。

李老先生生一边说一边流泪。后来在战场上出生入死，妻子的那句“我会等你回来”一直激励着他，一定要活着回去。战争取得胜利之后，李老先生荣归故里，和青梅竹马的她终成眷属。李老先生答应妻子，他会一直守护着她。老先生说：“你看现在，我在这里，我怎么守护好我的妻子。”说完，老泪纵横。

一位护理员机警地说道：“快去把李太太找来。”几分钟之后，一位和蔼可亲的老太太坐在轮椅上被推了进来。她的微笑极具感染力，李老先生看到老太太的那一瞬间，脸上露出了慈祥而幸福的笑容。当老太太用手轻抚李老先生的额头时，那种温暖，那份爱，是用什么也无法形容的。

护理人员再次喂老先生，老先生满怀深情地望着自己的妻子，脸上是满满的幸福。那份承诺，依旧在老先生的心头。

三

一回头，我看见病床上的父亲。

父亲靠在升起来的床板上，母亲正一勺一勺地给父亲喂粥，母亲先是将勺子里的米粥吹凉，然后再喂给父亲吃。

母亲说："要多吃一点，病才会好起来，不要像个孩子一样。"父亲年纪越大，就越来越像个孩子。父亲只是默默应承，张开嘴吃母亲喂给他的米粥。父亲真的像个孩子一样，吃完了那一碗米粥。

我早已感动得流泪，不仅是因为李老先生的故事和刚才目睹的那一幕，也因为我的父母之间的故事，我母亲给父亲喂饭的那温暖的画面。

回想父亲生病以来的这一个多月的时间里，母亲每天都坚持给父亲煮粥送饭。作为儿女，也很担心母亲每天来来去去会坚持不了，害怕母亲也有个三长两短。于是我要求我来给父亲送饭。但母亲坚决不同意，她害怕父亲吃不好，吃不下，自己一直坚持了一个多月。我也默默地陪同着母亲。在父亲生病的这段日子里，母亲消瘦了很多。在父亲面前，母亲显得很坚强。

一直找不到控制父亲的病的药。父亲每天都发高烧，在那最艰难的一段时间里，母亲在父亲面前表现得非常坚强，安慰父亲，而自己却在背后默默流泪。幸好，后来我到香港找到了德国生产的一种纯度很高的药，父亲的病才得以控制。

母亲也算松了一口气。找到药的那个下午，我在香港打电话给母亲，母亲在电话里高兴得像个孩子，然后快速地挂了电话。我想她是迫不及待地想把这个好消息告诉我父亲。后来，果不出所料，父亲的病很快地好起来了。

我原以为父母之间是没有爱情的，但是现在看来，我是多么肤浅。

父辈的爱情是如此的真实和平凡，他们并没有像病房的那位老先生一样，有着惊天动地的爱情故事，却有着真实和坚贞，患难夫妻，一辈子的恩情。多少山盟海誓也抵不过患难见真情。

老一辈人的爱情，是真，是承诺，是守候，令人尊敬。

四

母亲是在十八岁时嫁给了父亲。

父亲出生在一个没落的家族，父亲的爷爷是当时远近闻名的大文人。后来家里还留存了大量的古书。只是到了父亲的父亲那一辈人，家道中落。我的爷爷当时做了村里的甲长。但是，好景不长。父亲在十三岁的时候便失去了双亲。

当时家里很穷困，从那时起，父亲便在外面的世界闯荡。他做过建筑工人，泥水工，还在码头做过搬运工。后来父亲经过自己的努力和钻研，在建筑方面渐渐有了自己的地位和名声。父亲成了当地有名的建筑师傅。

虽然父亲在年少时就失去了自己的双亲，但父亲用他的聪明才智创造了属于自己的人生。正是因为父亲的优秀，母亲才同意嫁给他。

他们在一起过了很多年的苦日子，但母亲从来没有说过辛苦，即便是在最艰难的时候，他们也能够相濡以沫，不离不弃。

记忆中，父母也有吵架的时候，但他们吵架从来都是为了他们儿子的教育，他们从来没有真正意义上吵过一次架。

母亲说，父亲一辈子也几乎没有给她买过一件礼物。唯一的礼物就是结婚的时候，父亲送的那条红丝巾。那条红丝巾，母亲一直放在箱子里，舍不得戴。从此之后，再也不见父亲买过任何一件礼物给母亲。

但是，父亲无论在哪里做工，无论赚了多少钱，全部都交给母亲管理。父亲说，你想买什么就自己买。母亲买衣服时，总是不忘给父亲买，每次买完之后，交给父亲时，父亲总说，买什么买，浪费钱。其实，父亲的心里是乐滋滋的。因为那是母亲的一份心意。

现在，父母都随我们一起住在南方。茶余饭后，父母总会一起散步，一起运动，打打羽毛球，他们的生活就是这样的平淡，毫不起眼，却真实地存在着。

也许，爱情就是平淡生活里互相的陪伴。

五

他们这老一辈人的爱情和婚姻，也许不一定是自己所选，却相濡以沫，坚如磐石。他们的爱，对于我来说，我不一定懂得。但他们的经历和一生的爱恋，却让人心生尊敬。他们一辈子都相敬如宾，平平淡淡。但也正是这样，爱情却是那么真实。

我忽然发觉，其实恋爱并非就只是年轻人的专利。

爱情的方式有千千万万种，父母的爱情是其中很普通的一种。爱情会随着岁月的流逝、年龄的增长而变得更深沉和厚重，更不可或缺。

我从这里，看到了那些镶嵌在岁月深处永恒的瞬间和父母一生最幸福的爱恋。漫长的岁月，见证了父母的爱情。

他们让我相信，爱情并不是物质属性的，爱情可以赤手空拳去创造，爱是真，是平淡，是恩情，爱是永恒的坚守，陪伴是最长情的告白。

第三辑

比刹那更短，比时间更长久

爱像水墨青花，何惧刹那芳华。在纸上相逢，那一帖水墨青花，如同在纸上绽放着的这份热爱与闲情，爱意绵长，闲情未了。

那纸上的相逢，比刹那更短，比时间更长久。

从前慢

前些天买了一套木心先生的文集，牛皮纸的硬包装，共八本薄薄的小书，古色古香，设计也别有一番雅趣。

木心作为当代的文学大师、画家，在台湾地区和纽约华人圈被视为深解中国传统文化的传奇人物。二十年前便在台湾出版了著作，也颇受关注。然而木心在内地也是近十年才被人们熟知。当然，木心先生的文集能够被广西师范大学出版社出版也应得力于他的弟子陈丹青先生的大力推崇。正是如此，也有很多人认为木心是被高估的文学大师。但无论如何，木心先生的作品仍然具有那个时代的特色烙印和阅读价值。当然，木心所处的时代，应该说审美是唯美的，是缓慢而又对精神世界极度渴求并且丰富的。

木心的诗文均具有民国文人的那种语言调式，不故作深沉，也绝不与俗世的东西有太多的沾染，不媚俗。他的文字中浸透着“五四”新文学的滋味。他的文和诗都是精致的。在现在流传最深远的还是那首《从前慢》，收录在《云雀叫了一整天》的集子里。

记得早先少年时

大家诚诚恳恳

说一句是一句

清早上火车站
长街黑暗无行人
卖豆浆的小店冒着热气

从前的日色变得慢
车，马，邮件都慢
一生只够爱一个人

从前的锁也好看
钥匙精美有样子
你锁了 人家就懂了

这首诗在现今的流传度很广，甚至被谱成了歌曲。很多人把这首诗当作一首情诗来解读，也有人认为从前慢，现在快了，因此这首诗让人们在快节奏的生活里找到了当今社会似乎不存在的某种特质。但是，是什么，说不上来。

从前的人，都诚诚恳恳，现在的人虚假的多了，奸商多了，昧良心的商业利益多了，说一句是一句的少了。从前的日色也变得慢，车，马，邮件都慢，爱情也是专一的，一生只够爱一个人。而现在爱在物质面前显得不堪一击。

在这个时代里，没有谁敢懈怠，现在的社会节奏太快了。我们恰好遇上了一个物质极度富裕，而精神貌似贫瘠匮乏的年代。于是所有的人都开始怀旧。从前慢，从前的日色变得慢，人们可以在日色变幻的光影里去享受黄昏到来的漫长时光，人们的心是悠闲的，闲散的，不被社会追赶着往前跑。而现在，在时代的洪流里裹挟而下，我们用什么去拯救落在身后的灵魂。

我们一出生，父母就让你不要输在起跑线上。人们都在为未来的幸福生活去打拼，去奋斗。背井离乡，在异乡的天空下却是如此的残酷挣扎。幸福似乎被唯一的目标衡量着，那就是物质的多少，富足的程度。但这种物质的增长，更多地激发了人们的贪婪和欲望，让人的本真缺席，精神匮乏，以至于内心极度无聊和荒芜。

社会在前进，世界在往前奔跑，我们在追求速度的同时，却在某种程度上丧失了我们应该拥有的生活。当某一天，我们发现我们身后的灵魂跟不上来，甚至几乎丢失时，身体的疲惫和疼痛就会加剧，成为很难痊愈的顽疾。

于是人们就怀念起从前来。木心的文字也就很好地给人们提供了精神的养分和安慰。从前的日色慢，一生只够爱一个人，车、马、邮件都慢，一大早上，诚诚恳恳地问声好。木心说的是那个时代和那个时代的生活。并不是日色慢，而是人们的内心更从容和悠闲，如果能在日色西下的时间里收一封信，然后在屋前的老藤椅上将信纸展开，信上的文字是宣纸上浸润的小楷，白纸黑字红色的印泥，那该多好。只是现在，收信已经成了一种奢侈，书信在这个时代几乎已经消亡了。

林语堂先生说："用一生去缓慢相爱。"他说的是爱情，说的也是生活。而在这个飞速发展的时代里，不妨也慢一点，缓慢行走，慢慢爱。如同朱光潜老先生所说："慢慢走，欣赏啊！"

闲暇才是人生

闲来喜欢读古诗词，尤其喜欢摩诘之诗。

“年未弱冠，文章得名。”十七岁的王维写出了“独在异乡为异客，每逢佳节倍思亲”之类流传千古的名句。但我还是更喜欢王维“人闲桂花落，夜静春山空”的美好意境，以及“山中习静观朝槿，松下清斋折露葵”的闲散心情。诗人朝观木槿，夕折露葵，真是羡煞世人。王维是真的闲散，真的闲暇，过着亦官亦隐的生活。出仕后的王维利用官僚生活闲暇，在京城的南蓝田山麓修建了一所别墅，以修养身心。该别墅原为初唐诗人宋之问所有，那是一座很宽阔的去处，有山有湖，有林子也有溪谷，其间散布着若干馆舍。王维在这时和他的知心好友过着悠闲自在的生活。

这种悠闲是真悠闲，这种自在是真自在，不为世事纷扰，才是真正的人生。王维的闲暇不但是亦官亦隐的闲暇，而是来自心灵深处的闲暇。

遥想东坡泛一叶扁舟，只有那江上的清风，和那山间的明月。在赤壁之下，耳得之而为声，目遇之而成色，取之无禁，用之不竭，是造物者之无尽藏也。身边万物，都是宝藏，闲暇之人方可享有。

东坡在赤壁之下，在自然的大美面前，对人生又有了更多的参悟：“寄蜉蝣于天地，渺沧海之一粟。哀吾生之须臾，羡长江之无穷。”吾生短暂，如蜉蝣寄托于天地间，江山风月，本无常主，闲者便是主人。

唐代诗人李涉在他的一首诗歌《题鹤林寺僧舍》里写道："终日昏昏醉梦间，忽闻春尽强登山。因过竹院逢僧话，偷得浮生半日闲。"这份闲情往往不是闲散和散漫，这份闲是偷来的浮生半日，是忙里偷闲。

是的，真正的闲暇都是偷来的，忙里偷闲，才是真正的自在。如何在繁忙中，闲下心来，这当然更需要人生智慧。

只有闲下来，心灵才足够自由，我们才能把握时间，闲暇才是人生。

纸上相逢

闲下来的日子，我喜欢临摹古人字迹。

一个人独坐书房，一张铺开的宣纸，一个孤独空白的世界。以水墨为语言，我与一张白纸对话，那对话的内容或者是我狂乱、浮躁的心绪。宣纸往往被揉成一团，弃之纸篓之中。或者是静谧孤寂地细致挥毫，与古人在一张纸上相逢，字里的古意在笔下浸染，悲伤孤寂或豪放旷达，心情自然也不尽相同。

于我而言，研习书法往往是兴趣使然，写的是心境。

乾隆皇帝曾经题写过四个大字："境静心清。"那一帖字娴静而孤愁。只是临摹这几个字时我倒是不以为然，但细细品味，倒觉得颇有意境。纸上的写意往往是一个人心境的呈现。乾隆皇帝那份清静、清明可见一斑。在生活中，人的心确实应当清静一些的，静下来才能找到我们自己。若人心不清静，心里长出那么多的杂草，怎么能活出个好样子呢?

对于平淡生活的我来说，喜欢这样安静的日子。工作之余，我读书、写作，也挥毫泼墨。在古今优美的文辞里行云漫步，在那些碑帖的写意里，经历写碑之心。只是这样的闲情已经成了无比现实的生活奢侈品。

犹记在多年前，我临摹过"江南四大才子"之一——文徵明的《落花诗册》。

文徵明的小楷规矩而又自由洒脱，写起来心情自然舒畅。地上落英满布，书法家想到自己的坎坷遭遇，怅然不已。写《落花诗册》时，我的心情既愉悦又复杂，眼前仿佛看见那落英缤纷，飘落的花儿，随风而去。“不恨佳人难再得，缘知色相本来空”，佳人难寻，人生本来就一场空。人生就如这落花，免不了飘落的命运。那时，在广州还并未安定的岁月里，写写这字帖，我的心中多了一些对命运的领悟，漂泊的心情竟然平静了很多。人生如落花，有花开，就有花落，花落有时，花开有时，人生也不过如此而已。只是，人生有时真难得这“平静”二字。

后来，在一个下着春雨的夜晚，我临写过东坡的《寒食帖》。我想东坡写这一帖，应该是在寒食节的雨夜，他当时的心情也应该是随性而绝望的。苏轼在诗里说：

自我来黄州，已过三寒食。
年年欲惜春，春去不容惜。
今年又苦雨，两月秋萧瑟。
卧闻海棠花，泥污燕支雪。
暗中偷负去，夜半真有力。
何殊病少年，病起须已白。

春江欲入户，雨势来不已。
小屋如渔舟，蒙蒙水云里。
空庖煮寒菜，破灶烧湿苇。
那知是寒食，但见乌衔纸。
君门深九重，坟墓在万里。
也拟哭途穷，死灰吹不起。

这是东坡到黄州之后的第三个寒食节。春天残落。寒冷萧瑟。白发频添。君门深九重，故乡千万里。诗人本来也想学阮籍作途穷之哭，但心却如死灰不能复燃。笔行纸上，想到东坡在历史上那些不幸的遭遇，我之心情极度抑郁、悲愁，笔力突然一顿，一沉，仿佛看见东坡在那个雨夜挥毫的孤愁面孔，但转念之间又付之一笑。但此时，面对眼前宣纸上临摹的字迹，我竟然呆若木头，兀自悲伤不已。

看来这书法的世界，除了面对孤独的自己，亦若在纸上与故人相逢。在这安静的世界独自在精神世界里寻亲访友。那些古人在文字书帖里的情致，与现今的自己又是何等的相似。

那个下着春雨的夜晚，是我到广州的这个城市第二年的某一个春夜。

孤单，清冷。

我独自一人住在一间破旧的屋子里。

外面下着雨，淅淅沥沥的雨水打在我的屋顶上。我在这一方纸上临摹古意，与故人对话。在南方漂泊的自己，竟然写着东坡的《寒食帖》流了眼泪。

台湾诗人洛夫也是爱好书法之人。他说，写书法时，往往会选心情。

久雨初晴，适合写词人辛弃疾的那首《青玉案·元夕》："众里寻他千百度。蓦然回首，那人却在，灯火阑珊处。"这便要求书写的人能够"神怡务闲"。这首词，当我写给一位朋友时，写得也是气定神闲。那一帖小楷字，颇有几分少年情怀。

而东坡的词："故国神游，多情应笑我，早生华发。人生如梦，一樽还酹江月。"这幅字适合晚年心境。一位老者，独自面对这时光的流逝，写尽人生的繁华，如梦如幻。

纸上的相逢，其实并不只是自我的独语，而是在不同的时空里的一种心灵的对话。

与自己诉说，与上苍对话，与不同时空里的古人感同身受。王羲之在《兰亭集序》里说："后之览者，亦将有感于斯文。"他表达的也就是这个意思了。

在那个下着春雨的夜晚，铺开宣纸，不经意的那么一笔，水墨次第渗开。

"爱像水墨青花，何惧刹那芳华。"在纸上相逢，那一帖水墨青花，如同在纸上绽放着的这份热爱与闲情，爱意绵长，闲情未了。

那纸上的相逢，比刹那更短，比时间更长久。

既孤独，又美好

诗人顾城的诗歌："你一会看我，一会看云。我觉得，你看我时很远，你看云时很近。"

这种距离，既孤独又美好。

或许，美就是这样，若有若无，若即若离，距离刚刚好。

当人们身临其境，处在某个或优雅，或魅惑的境界中，难免会产生对美的渴求。这种对美好事物的渴求，也即是审美的体验。

这就好像一个人，站在群山之巅，俯瞰着这大自然的一切山川、鸟兽、虫鱼，那份美感和惬意是没法形容的。

美就是这样，一旦进入人的视野，它将不再是独自存在的。

当一个人孑然独立，不依附，不恐惧，在这种孑然独立中，潜藏着巨大的能量。

这便是美的力量。

美国作家保罗·奥斯特在其作品《孤独及其所创造的》说："孤独。但不是指孤身一人那种状况……而是退隐意义上的孤独。是不必看见自己，是不必看见自己为他人所见。"这才是真正的孤独，这种孤独，是美的，美得无所适从。

那么，美是什么呢？

苏格拉底自知长得难看，就追求“内在美”。于是就有了内在美和外在美之说。然而要给美一个概念却很难。美是什么？我以为是灵魂与肉体的完美和谐的统一，精神与美丽的自然水乳交融。

事实上，既孤独，又美好。

下午茶

午后，最适合临窗而坐，饮一杯清茶。

窗外落木萧萧，行人三三两两。车辆疾驰而去。时间在午后的空隙间行走，在这一杯茶里沉淀下来。一杯下午茶，便是一种生活的写照。

董桥先生说：中年是一杯下午茶。他既是在说茶，也是在说生活。也许茶这种东西，终究是和年纪相关的。一个年轻人，对茶的理解不过是皮毛功夫，饭后闲话。真正理解茶，懂得茶，那是在一定的阅历之后。当茶渐渐融入一个人的生活，茶之味也便慢慢地浸入了一个人的身体发肤。

在南方的生活里，随着年纪的增长，加上妻子是潮州人，我对茶的喜爱，与日俱增。广东人喜欢饮早茶，特别是在一个悠闲的周末，与家人或朋友相约一起饮茶、吃点心，东南西北闲聊，一杯茶，往往能喝出一份惬意和闲适。

除了早茶之外，我更喜欢下午茶，午饭之后，一杯下午茶，可以让一个人沉静下来，让时间停顿下来。

人生喜乐就在那么小小的一杯里，些许苦涩，些许甘甜。轻轻啜饮，唇齿留香。

下午茶仿佛是一种哲学，又仿佛是沉淀了喧嚣之后的一种释放和抒发。

台湾女作家荀媜写过一本书叫《下午茶》，她说她喜欢到处饮茶，散会之后便拿出稿子，写文章，饮茶便是随心所欲。我也一样，下午茶随心随性。茶圣陆羽认为泡茶用水“山水为上，江水次之，井水为下”，《红楼梦》里妙玉则用“梅花上的雪”融化后的水泡茶，现代人没那么讲究了。

喝下午茶的时候，适合读一本闲书，书置于案几之上，可读可不读，可开可掩。茶和书是很好的伴侣，爱茶之人，往往也爱书，反之亦然。自古以来，很多诗人、作家往往也是爱茶之人，诗人野夫就有这样一首小诗（《午后茶》）：

小眠之后 天犹阴如哭罢的脸
沏茶于午后 绿波漾出一个雨季
谁与我同饮此中年情味
淡淡的甘苦中竟有浓情郁郁

曾有过壮思飘逸 樽酒买醉
错过你千回 时光忽已万里
乍梦乍醒而后 剩这春茗似水
竟品出缠绵的意境不绝如缕

你为何要逼我做一个多情少年
在渐老华年里重现逝梦的痕迹
我只是这一杯午后茶 几多苦涩
又怎禁得长长风雨地万遍冲洗

如同诗人野夫一样，沏茶于午后，一杯茶便是一种生活。也许人也是一杯茶，越沉淀，越是澄澈如许，通透分明。

俗语又说：粗茶淡饭。这一杯，下午茶，它哪里有什么高深哲学在？粗茶淡饭的日子，在沉沉浮浮之间，从一杯下午茶里品出的，不过是经历风雨之后，简单、随性的人生。

夜晚属于孤独的人

回想起多年前的夜晚，那时的我，尚且年少，独自在灯下阅读。

一个人在灯下读闲书，在课外书极少的年代，阅读成为了奢侈品，仿佛能够在阅读中遇见自己。那时候的阅读，是非功利的，纯真的，孤独的。我们总希望能够在书里找到心灵的慰藉。

阅读《红楼梦》时，我也曾为黛玉的孤独与悲伤而难过。在那个孤独的夜晚，我总希望自己是一个林黛玉一样的人，单纯而真实。当我读到《葬花吟》时，眼泪却在不知不觉间就流了下来。红消香断有谁怜？黛玉的孤独和悲伤有谁能够怜惜？只有无尽的光阴伴着长夜，而一朝春尽红颜老，花落人亡两不知。

那种悲伤和孤独，在世上，我再也找不到相同的。而现在，在繁杂的生活中，除却了一天的劳累，我还是喜欢独自在夜里阅读。只有安静下来，在阅读中，我们才能够逃离尘世的纷扰，才能够找到内心深处那个孤独的自己。

前几日，偶然读到瑞典的诗人雅典娜·法罗赫扎德（Athena Farrokhzad）的诗集《美白美》（*Vitsvit*）。它被改编成同名话剧在斯德哥尔摩青年剧院连续上演了二十场，场场爆满，成为瑞典文坛的年度新闻。

诗集中的这些诗句，让一个人走入了孤独的境界。诗歌由几位家庭成员“我母亲”“我父亲”“我弟弟”“我外婆”“我舅舅”的声音和独白组成。

我母亲说：为了你的钢琴课我倾家荡产
但在我的葬礼上你却拒绝弹奏

我父亲说：我生活过，我生活过
我尽力而为了
剩下的便是些没有青春的吃甜面包的日子了

我总觉得这样的诗适合在孤独的夜晚阅读。孤独的夜，一个人想起那些逝去的事情，想起在某个夜晚为远方的人写一封信的美好的时光，想起那个孤独的夜晚，所有的灯光都熄灭了，唯独你的灯还亮着。

我们都在这个世界独自生活着。

夜晚来临时，我们试图在一本书中寻找到温柔之所，总希望与真正的自己相遇，但这么多年过去了，我仿佛对自己一无所知。

我想，夜晚是属于孤独的人的。也许，每个人确乎都是一座孤岛。

世界上很多紧要的事情，都是我们自己一人独自去完成的。

比如，生和死。比如彻悟、信仰。比如，爱上谁。比如，一个人独自在夜里阅读，一个人如何消除永夜。

时间煮雨

阿赫玛托娃在写给她丈夫的诗歌《离别》中写道：已染上暮色的道路，倾斜在我的面前。还在昨天恋人说道：请把我记在心间。而今天，只有风，只有牧人的呼喊，还有纯净的泉水旁，雪松的激动不安。

华灯初上，走在城市的街道，风吹雨成花。回过神来，已不见了她，只剩雨水织就的窗纱。有多少人还在原地？多少人还在浪迹天涯？有的东西你以为可以永远拥有，原来都败给了时间，这握不住的年华。

春秋更迭，时间流逝，转眼又是一夏。

我想起日本著名导演、作家岩井俊二的《垃圾筐电影院》。书中说“偶尔也有想留在心间，难以替换的日子。也许都是什么事都没有的日子。”可是，我们依然等待着。

我们等待着有什么来临。或回忆年少时的光影趣事，或以独特方式解读通俗影片，或纪录片场拍摄花絮。《垃圾筐电影院》，或许就是，岩井俊二心中的电影理想国。同为作家的岩井俊二，以清丽、隽永、残酷和忧伤的文字，书写青春物语，书写成长疼痛，字字句句静静地流淌到心里，使人于不经意间被深深打动，细致精美到让人无法抗拒。

这是一个什么样的时代，时代的表情在变，人们的心理也发生了改变。我想起岩井俊二的《情书》开篇那个长长的镜头，雪地上美好的时光。以及，《四月物语》里清晰纯粹的画面，细腻的情感，动人的清新的故事，都让人无比甜蜜地回忆，意味深长地呼吸。还记得这样几句歌词：

风吹雨成花，
时间追不上白马，
你年少掌心的梦话，
依然紧握着吗？
云翻涌成夏，
眼泪被岁月蒸发，
这条路上的你我她，
有谁迷路了吗？

还是说说岩井俊二的《垃圾筐电影院》里那些让人无法抗拒的精美。还有《情书》里博子让人心酸与疼痛的爱情。电影里，博子太思念自己的未婚夫了，于是，给已逝未婚夫藤井树之前的住址写了一封信，意想不到的是居然有了回信。

是未婚夫从天堂的回信吗？

那个同样叫藤井树的女孩，和博子在书信里诉说了博子和未婚夫藤井树之间的爱情，让人心生怜悯。看似荒诞，然而，这部电影却给人留下了艺术想象与智慧，还有那美到心碎的画面，让人禁不住想把《情书》从头到尾再看一遍。

与波德莱尔相遇

在我的大学时代，波德莱尔好像一种毒药。

他在我的青春年华里，在我阅读的世界里充当着非常重要的角色。曾经一度，我的书包里一直带着波德莱尔的诗集《恶之花》，或者《巴黎的忧郁》。

郭宏安说："恶之为花，其色艳而冷，其香浓而远，其态俏而诡，其格高而幽。"这花如同开在地狱的边缘，它是伊甸园中的一枚禁果。而在我的青春时代里，波德莱尔成了青春的同谋。孤寂，赤裸，而渴望救赎。

1821 年，夏尔·波德莱尔生于巴黎。

他的父亲是受过高等教育的开明人士，有着非常高的地位，以及受过 18 世纪启蒙思想的影响。

后来他的父亲在六十岁时，娶了一位二十六岁的妻子，并生下了一个男孩，这个男孩就是波德莱尔。

虽然生在一个和睦的知识分子的家庭，但是波德莱尔却是如此孤独。当然也可能他本身就是喜欢孤单的人。

同样的青春，同样的忧郁与迷茫，以至于在爱情和生活都遭到了打击。他在这个残酷的现实世界寻找，也许有一个人，会闯进自己的世界。

但终究波德莱尔青春时代的爱情却是让其悲伤的。

毋庸置疑的是，他孤单地在这个世界上发出永久的回响，他将那些隐秘的，炽热的，离经叛道的思绪融入诗歌里。

忧郁的是命运，理想是美的。在对美的可望而不可即的追求中，他的命运走了一条崎岖坎坷的道路，但也正是这种经历，让他在生活中得到洗礼和救赎。

他试图通过自我麻醉、放浪形骸、诅咒上帝、追求死亡等方式，来与这个世界相对抗。

正是因为这样的经历，波德莱尔的恶之花园正是一个人生惨淡的花园。这些恶之花却构建了他独特的孤独者的世界。

波德莱尔晚年在文坛上名气很大。

但《恶之花》这部诗集并没有给波德莱尔带来多少物质的赋予和精神的宁静。

《恶之花》是波德莱尔的成名作，也是最重要的作品。

他曾说："在这本书里，我放进了我所有的心、所有的柔情、所有的宗教和所有的仇恨……"

波德莱尔是唯美的，他试图在现实中寻找美，在美中寻找现实的理想，但给予他的爱却是欺骗，他寻求欢乐、青春和幸福，但岁月给他的痛苦有增无减。波德莱尔给我们塑造了一个理想和现实的世界，一个孤独者的世界，一个独吟诗人的世界。他在诗歌《忧郁》里说：

我有比我好像活了一千岁还要多的记忆。

我这愁绪纷至沓来的脑海里的秘密
比抽屉里挤满了资产负债表

浪漫曲谱、诉状、情书与诗稿

连卷在收据里的浓密的长发

也少不了的大橱所藏的还要多

这真是一座金字塔

一个比公共墓穴埋有更多尸体的巨大的地下墓室

——我是一片连月光都厌恶的墓地

一长串一长串蛆虫在里面爬来爬去，宛如悔恨

不断地猛烈追击我最亲爱的死去的人们

在这些仿佛活了一千岁的记忆中，波德莱尔的愁绪纷至沓来，不断地纠缠他，困扰着他，那岁月的记忆里，如同蛆虫在他的生命的轨迹里爬行，一个孤独者的世界，又是如此的痛苦和充满无尽的悔恨。

在这个春天的夜里，我再次读波德莱尔。但和很多年前的自己完全不同。在永恒的记忆里，在孤单的旅途上，或者在同样的孤独者的世界里，我们好像找到了一位一起前行的人，来对待这消逝的时光里曾有过的深深的绝望。

如同你，我“虚伪”的读者，我想，我们都是喜欢孤单的人。

唯有孤独，我们才能好好审视自己。

有着青春的时候

萧红的一生，是充满苦难的。

若不是鲁迅推崇，她几乎被埋没。和同时代的女性文人如林徽因等相比，命运，对于一个人来说是多么不同。

有的人命运如同皇宫的公主，优雅富贵，永远被人追逐，被捧在手心；有的人命运如同一介稻草，被人蹂躏，抛弃，永远处在悲伤的边缘。

然而，萧红——她同样有着美丽青春的时候。只是在她三十一岁时，就永远告别了。带着这人世的寂寞，在香港的浅水湾，生命被永远搁浅。在浅水湾，埋葬了她的青春，那些充满着美丽倔强的时光。

有时候，我在想，只有一个人经历了生活的磨砺，经历了爱的煎熬与生死的领悟之后，再来读萧红，这样才会理解一个人的苦难和苦难背后的寂寞。萧红是苦难的，充满了苦难的人生总是让人怜惜。如同张爱玲，生时是那么华丽，而死时却无人知晓，被世人铭记的却是那美丽的文字。

萧红出生在一个富贵人家，然而不满于父母的包办婚姻，离家出走，开始了一辈子的逃亡生涯。然而，社会如此，一个人怎么逃避，都是很难找到出口的。

她从呼兰逃至哈尔滨，再逃到上海，到香港，不停地迁徙。萧红的一生，从逃亡的那一刻开始，就注定了会是从异乡到异乡的孤单旅程。

先是被未婚夫王恩甲诱骗，即将临盆时却被无情抛弃。她始终没有逃脱包办婚姻的樊笼，被社会无情抛弃了。当她遇到萧军的时候，以为人生就可以相守到老，结果萧军也背叛了她，身心遭到了巨大的伤害。离开萧军，决绝之时，她还怀着萧军的孩子。

一个女人，在那样的年代还怀有身孕，面对生活是多么无助。幸好，遇到了端木蕻良，人生多少才有了些安慰。然而，她这一生，如果前二十几年是在和自己的命运抗争，那么在她人生的最后几年，永远生活在对家乡的怀念之中。

于是，在香港，她“蛰居”一间小屋子里，开始写她的《呼兰河传》。她写那些童年的生活，写童年时候的那个疯掉的女孩，写包办婚姻，写乡村的愚昧与淳朴。感情上一再受伤的她，只有靠回忆来不断充实自己的生活，用文字写下那些旧日子的怀念。时代对她的命运颠簸，她都赋予在呼兰河美好的人情与愚昧的旧俗中了。

很多年后，再来读《呼兰河传》，确实还让人充满郁结。

萧红在《呼兰河传》的最后说：“我所写的没有什么优美的故事，只因他们充满我幼年的记忆，忘却不了，难以忘却，就记在这里了。”我想，我们记下的除了萧红苦难的一生，而更多是记住：在岁月深处，在历史的洪流里那个也曾有着青春的女子和她与命运抗争的一生。

在还有着青春的时候，我们得将那些美好的情感珍藏起来，找到属于自己的人生，属于自己的方向，等岁月老去，我们再来回忆，一切还是否如当初般美好？

人生原本纯真

人生，终究是一种经历。每一段经历，在我看来都是一次历练。人生越往前走，你会发现，人生没有答案，没有真相，只有无尽的时光和找寻。但总会有一天，我们能够与最好的自己相遇。

最近读的赫尔曼·黑塞的《悉达多》，姜乙的译本。阅读的过程就是一次经历，一次修行和洗礼，有时也同样是一次寻找。

小说中，悉达多不顾家庭的反对走上苦行僧的道路，遇到佛陀时他说："那是你的路，并不是我的，我个人的道路自然会从经验中开拓出来。"悉达多拒绝了佛陀，后来他还俗，到城里去，做了一名富豪美女的情人，他让她教他如何爱。他开始做生意、赌博、喝酒，经历了这些人世的各种生活之后，他终于觉得困乏了。

最后他终于放下繁华，在渡口边，跟随一个老船夫学习如何渡河。正是在这渡河的过程中，他找到了那个自己。

在黑塞的书写中，故事情节简单，但悉达多的寻找过程耐人寻味。黑塞用简洁的笔墨和浪漫主义的情怀，写了悉达多的人生寻找和告别的过程。

就像这些年，我一直在路上的人生。我们总是告别亲人和家园，告别朋友，告别一个过去的我。就像悉达多告别佛陀，告别挚爱，告别曾经生活的一切，抛弃所有的财富和拥有。我们都在一天天地告别旧我，去寻找全新的自我，去寻找所谓人生的答案。

但是，人生有答案可寻吗？

悉达多和船夫坐在河边，他们沉默不语。身边的河水成为他开悟的载体，河水承载了太多人生的苦难与折磨，容纳了太多尘世的喧扰与浮华。在河水的咏唱中，他听见至高者的死与复活，听见一个人爱与受难的一生。

在黑塞的小说里，悉达多一生所寻找的，原来是当初那个纯真的自己。他充满平静、慈悲……眼含佛陀的微笑。或者，是那个在岁月的变幻面前，不忘初心，方得始终的自己；那个面对天下事，处变不惊，淡定从容的自己，但我们往往却错过了他。

人生总是错过了一段时光，躲过了生命中很重要的事情，然后在悔恨中度日。只是，人生的日子，都是一种内在的旅程，却在最后，又在这个平静的、美好纯真的世界里，找到了一切，找到人生的答案。

人生的修行，就像经历磨难，每个人的道路，都会从经验中开拓出来，一个人的一生是受难的一生，更是爱与平静的一生。

我们终其一生要去寻找的答案，其实就在我们纯真的心灵世界里。

因为，人生原本纯真。

你的光影，我的流年

有这样一首小诗萦于心间：六月荷塘一池香，出水芙蓉送清凉。谦谦君子若知意，缘何开在水中央。

原来，这六月伴随着荷香已经不请自来。如果在这六月的半亩方塘之上，让月光那么温柔地穿透，月光便洒在六月的晚晴里，一定会滋生许多愁情和事端。

月光之下的静谧海洋里，一定有你的光影，我的流年。

诗人说，四月是最残忍的月份。真如此，我倒是以为，四月之后，五月缠绵，六月安好。这季节的变幻也蛮有意思的。

经历了四月的零落，五月的青黄不接，六月自然就有了回旋的可能，这样一来，世事安稳，便又是人间的六月天。

我想起儿时，已是初夏时分，在乡间的坝子里，轻罗小扇扑流萤的夜晚。而历书上说：大雨时行，新晴之后，腐草为萤。这是古人的看法，以为萤火虫为腐草所变，此种说法亦不可考证，我以为也无从根据。犹记得，小伙伴们在院子里抓萤火虫，满院子的欢声笑语。萤火虫在手心里，一闪一闪，像是眨着明亮的眼睛。一松手，萤火虫便逃走了，我却没有丝毫的怅惘。

但很多年过去了，世间萤火虫差不多销声匿迹，多少个夜晚死寂沉闷，我依旧想起儿时那样的夜，那样的光阴。萤火虫袅袅神秘在静夜穿梭的夜晚，至今已经有些遥远了。人间世事却无法说尽。词家贺铸说，人间底事长如许呢。

六月，是悄悄别离的笙箫。在今天，六月已经成为多少学子的毕业季。他们在微信里晒出的照片，看似笑容满面，实则离愁万分。在匆匆告别的火车站，还有多少衷肠可以倾诉？还有多少眼泪模糊了眼眶？大学生们离开了象牙塔，独自去他乡，多年前说的那一声再会，原来注定散落天涯。

如此，在六月，我不想说出告别。因为，那一声告别里有多少离人的眼泪。但离别，又何尝不是新的开始呢？而高考时间调整之后，六月七、八日这两天又是学子们高考的时候，几家欢喜几家愁，都在六月的时光里上演。但六月毕竟是属于青春的。高考场上，怀着梦想的年轻人，尽情地绽放自己的青春，不必迟疑，不必怯懦，对未来也绝不要含糊。

这样的六月，我还是那个即将奔赴考场的高中生吗？细细思量，十几年的时间过去了，那一年的时光里，依然有着青春的气息。

而现在的我，在六月的下着小雨的午后，在这个我渐次热爱的南方城市，读一首苏轼的词《南乡子》，已然回到了那一年怀着梦想告别家乡的六月时光。词里说：

> 东武望余杭，云海天涯两杳茫。何日功成名遂了，还乡。醉笑陪公三万场。
>
> 不用诉离觞，痛饮从来别有肠。……

读着这样的词，六月的每一个时日都有了热切的希望。多少人又不是为了当初的梦想而去远方？他们怀着乡愁，用青春做伴，远赴每一个重洋。

离开故乡千万里，还乡，未老。

但每一天的生活里，此心安处便是故乡。正如六月，我所在的荔湾湖，荷花开得正盛，有谁会前来与我一道品茗赏荷？

“不须河朔饮，煮茗自忘归”，但愿在你的光影，我的流年里，一切都安好如初。

与《退步集》有关的纷纷

人类的悲欢并不相通，我只觉得他们吵闹。

——鲁迅

一

十年前，我特别喜欢陈丹青先生的作品。

在重庆解放碑的经典书店，我找到了那本蓝色封面的《退步集》，简洁的封面，看上去典雅大方，于是就此买回。《退步集》里有三十多篇文章，皆是丹青先生归国后的作品，作品涉及绘画、城市、影像、教育等方面。丹青先生自云“退步”，实际上是对百年中国人文艺术领域里的种种“进步观”的省思和追问。“退步”二字也让人想到作为画家和老一辈文人的丹青先生的谦逊和可爱。这种谦逊是来自灵魂深处的一种难得的尊贵。

闲时翻阅，总被丹青先生的文气所吸引。那一介旧式文人的架势摆在那里，举手投足之间，民国风范跃然纸上。一问一答之间，一招一式之下，都彰显其爱憎分明、有情有理的态度与辩白。文字里带着某种抑或深刻抑或犀利的洞见。

俗语说，文人自带三分杀气，丹青便是也！

二

丹青在《无知与有知》里说起沈从文批评李泽厚的话。沈从文说李泽厚看的东西还不够多，当然也只有沈从文够资格这样讲话，但是那是真话。丹青先生接着说，其实这里面不是沈从文先生看的很多很多，而是他知道眼界是认识的前提。就如同，一个人的格局决定了他的高度。当主持人问到他的成名作《西藏组画》时，他说道："一方面，是我们这代太无知，我渴望知道的更多，越多越好；另一方面，如今我巴望无知，——我小时候的那些画，其实是什么也不知道。画的时候，脑子里什么也没有，一笔一笔跟着感觉走，完全像个白痴，这是画画最珍贵的状态。"就如同苏格拉底言："我唯一知道的，便是自己一无所知。"丹青先生把这种无知，理解为艺术的生命力。

这种生命力是最原始的，最蒙昧的。也许越是原始的，蒙昧的，如同盘古开天辟地、女娲补天的混沌初开，艺术的生命力才会更繁盛。当然他在访谈里对当下教育的批判也是非常尖锐的，他认为教育也许便是抹杀了这种最纯粹的东西。这些最纯粹的东西早就丧失了一般。

读丹青的文字，似乎可以见到一个铁骨铮铮的文人形象。他高高在上，却又平易近人；他桀骜不驯，却又让人深思共鸣。那形象很高大，仿佛在荒漠之上站着一位穿着长衫的长者，面对世间种种，在孤独地呐喊。那声音里充满了忧国忧民的幽愤，也充满了对现实社会物质至上的无尽轻蔑。

三

那时候，我大概二十出头，刚到重庆一所学校教书。

因为陈丹青先生的文字，我和另外一位美术教员有了交集。 有时，在路上遇见，我会和那位仁兄聊一聊绘画和写作，也聊聊陈丹青的文字。从丹青的《西藏组画》说到《退步集》，以及后来的《退步集续编》。后来有一次那位美术教员说到陈丹青先生的《与陈丹青交谈》，让我对那位仁兄有了非常的好感。于是关系有了进一步的发展，我以为那叫友谊了。

在一段时间里，我们的交往也挺多的。聊聊画，聊聊文字，相谈甚欢，我以为在这里找到了知己。

大概又过了一两年，我要离开那所学校，南下广州。那时我想到要把那几本陈丹青先生的作品送给那位仁兄。于是，在收拾好所有的书籍之后，我用狼毫的小楷毛笔在丹青的作品扉页上写上："赠 ×× 兄，以丹青之大作，聊作离别之纪念。"如此云云。

那个下午，我怀着喜悦与忧伤的心情，准备将这几本书送给他时，却在私下里听到美术教员正一本正经地说着污蔑我的话。我拿着那几本书，心里五味杂陈，停顿在那里，然后，我扭过头，转身而去。但又舍不得丢掉丹青先生的书，于是这几本书就被我带到了广州。

我偶尔也会拿出丹青先生的作品来翻一翻，而那一行"赠 ×× 兄，以丹青之大作，聊作离别之纪念"的文字却格外刺眼。它让我铭记众生相背后的人物相是五花八门的，就像林子大了，什么鸟都有一样的乱象。它让人看清人脸背后的心，并非都是光明磊落的。它让我在面对生活时，又多了一些别的认知。人不必活得太单纯，但又必须活得纯粹。

但是，直到现在，我仍然相信，真正喜欢丹青先生的文字的人一定是坦荡的、率真的、纯粹的。

四

2013 年在广州方所书店，我才真正得见陈丹青先生。

那时，陈丹青先生要到方所书店做讲座，也应该是他为木心先生整理的《文学回忆录》做宣传，所谓“摇旗呐喊”。当时的方所书店人山人海，慕名而来的人很多，特别是一些还在高校学习的大学生。他们正是血气方刚、心怀理想，和我当年一样，读陈丹青先生的作品读得热血沸腾的年纪。

当时的方所书店，几乎没有谁还在看书了，都在期待丹青先生的出场。人们挤满了方所书店的各个角落，整个方所场地全作为了丹青先生的演讲场地，甚至连右边弧形过道也挤满了人，整个书店被围得水泄不通。这个场面让我很惊讶。

我心想，又有多少人真正读懂了丹青先生的作品，又有多少人真正明白木心先生的文字呢？但这种为一个文学讲座如此疯狂的现象应该出现在 20 世纪 80 年代，或者 90 年代。在现代的社会里，总显得有些不合时宜，有些假，有些失真。我总是有这样的担心。

我想起鲁迅先生在杂文《导师》里说的话：“但青年又何能一概而论？有醒着的，有睡着的，有昏着的，有躺着的，有玩着的，此外还多。但是，自然也有要前进的。”我只是姑且认为这些青年人都是喜欢丹青先生的文字的，他们也都是有着对文字的虔诚的热爱的。如果他们是渴望进步的甚好，如果他们是睡着的、躺着的、玩着的，我自然是渴望他们能够要前进的好。

文学和思想也许是一些人的信仰，是一个时代的一种声音。无论它们处在什么样的时代，都令人敬畏。而又只有这些渴望前进的青年人是最有希望的，他们是这个社会的未来。

五

大概超过预定的时间半小时之后，陈丹青先生来到了方所。他穿着中山装，戴着无框眼镜，眼睛很大，且炯炯有神。那种做派是一个旧文人的一种做派，并且那种气派不是靠什么能够随便装出来的。那种气派是来自骨子里的崇高。但他的语气很温和，完全不是我们所说的桀骜不驯。他的每一个句子都很有他自己的调调，北京腔调也很重。

他讲了在美国留学时那段难忘的岁月，以及几个年轻人一起在美国聆听木心先生讲中外文学史的故事。在那个物资相对匮乏的年代，那一些个青年人对知识的渴望，他们对真理的追求，让人心生尊敬。

那些故事都镶嵌在历史深处，浓缩在这两本厚厚的《文学回忆录》里了。他还讲到了木心先生的一生，以及木心先生的死亡。他说木心先生大器晚成，是被我们这个时代深深误解的现代文学大师。他说，就一首《从前慢》就让人心生尊敬。

当然，《从前慢》后来被人谱曲，当作流行歌曲唱出来了。丹青先生也和在座的文学爱好者们分享了他的一些思想，对当下的看法和我们本身的活法，以及青年人应有的品格。不出意外，丹青先生的演讲很成功。

六

青年人都拿着书找丹青先生签名。那是我见到的排队最长的队伍。甚至比现在的喜茶店排队的盛况还要空前。他们也许是慕丹青先生的名，也许是真正喜爱丹青先生的文字。但却与当下文学如此寂寞的现实有些格格不入。也许是人们在经历了 20 世纪 80 年代文学繁荣之后的一次回光返照。总而言之，那盛况让人感觉不真实，好像活在梦中。

那天，我带着那几本丹青先生的旧书给他签名。那时，我真想告诉丹青先生和《退步集》有关的纷纷。但时间有限，那些故事又怎么能够在此时和盘托出，包括那些在背后放的冷箭和被背叛的痛楚。我只想将这些旧事诉诸笔端，聊以和过去做一个交待。

七

现在，在广州的时光里，每每读丹青的文字，都好像是在和丹青交谈，像和老朋友一起喝茶聊天。

我无端地想起沈从文先生的遗作《抽象的抒情》里的一句话："照我思索，能理解我；照我思索，能认识人。"这也是沈从文先生墓碑上的话。而在沈从文墓石身后还有两行沈老的妻子张兆和的姐姐张允和的两行铭文："不折不从，星斗其文，亦善亦让，赤子其人。"藏尾诗为"从文让人"。

想到此处，那些与《退步集》有关的纷纷，一下子就烟消云散了。

但愿生命都能从容

很喜欢这则参禅的故事。

在三伏天里，禅院的草地一片枯黄。

小和尚告诉师父：“快撒点儿草籽吧，太难看了。”

“不急，等天气凉了。”师父摇摇头，“随时。”

秋末，师父买了草籽，小和尚开始播种。秋风起，草籽边撒边飘得到处都是。小和尚急了：“师父，这么大的风，草籽都被吹走了。”

“没关系，吹走的多半都是空壳的，即便播种下去也发不了芽。”师父说，“随性。”

播种完了，麻雀飞来啄食。小和尚又着急地告诉师父。

“不急，不急，我们买的种子多，几只麻雀是吃不完的。”师父说，“随遇。”

晚上，下起一场阵雨。小和尚冲进师父的禅房：“不好了，师父，雨将我们播种的草籽都冲走了，院子里就长不出草了。”

“它冲到哪里，就到哪里发芽吧！”师父说，“随缘。”

一个星期过去了，在禅院的那块空地上，居然长出了许多嫩草，一些原本没有播种的角落也长满了小草。小和尚开心地告诉师父。师父点点头说：“随喜。”

这个故事给了我很多启发。当我一度陷入困惑的时候，就用它来提醒自己。

在我们的生活中，“随时”“随性”“随遇”“随缘”“随喜”是人生至高的境界。也许很多人活了一辈子，都不会明白其中所指。

每个人的存在都是有原因的，我们既要遵从本心，又要顺其自然。

当我们处在人生的奋斗阶段，不宜操之过急，只要你充分地准备好，总会有属于你的时令；人生变幻，总会找到属于自己的位置。随性地生活，对生活的人和事，随遇、随缘，不必太过急躁而忘记了本心和初衷。一切皆能付之一笑，释怀便是随喜。

禅是智慧的，一语成谶，明了了人生，参透了生命。

若生命是一棵不起眼的小草，那就顺应自然生长，在哪里都能活出自己的尊严。如果生命是一阵稍纵即逝的风，就让它吹过，不必为时间的短暂而忧愁，至少我曾经存在过。如果生命是一朵美丽的花，就让它散发自己的芳香，顺其自然地开放和凋谢，不必感叹四时的变换。

你若盛开，清风自来。

但愿我们的心态都能够随时、随性，但愿我们的生活都能随遇、随缘，而我们面对这一切都应该随喜。

有时，接受就是一种改变。但愿生命都能从容。

心向美好

老子的《道德经》里有这样的话："天下皆知美之为美，斯恶矣；皆知善之为善，斯不善已。"也就是说，世上的人知道什么是美，那是因为有丑；知道什么是善，那是因为有恶。在老子的世界里，他认为只要在有和无之间，互相转化，无为待世，听任万物自然，一切都将更和谐，人心才会更美。

许多人把人生当成是一场战斗，但其实人生只是一场生命的游戏。要想在这场游戏中获取胜利，我们必须要找到内心整合的法则。

西方有这样一句谚语：人种的是什么，收获的也是什么。

人的一言一行，终将都会得到相应的回报，你给予什么，将来便会得到什么。你的内心是什么样，你的世界就是什么样子。如果你的内心是艳阳满天，你的世界绝不会阴云密布。如果你的内心是阴暗龌龊的，那么你的世界也不会有阳光。

在生活中，你给予恨，便会得到恨；你给予爱，便会得到爱；你批评别人，也将受到别人的谩骂；你欺骗别人，也将受到别人的欺骗。世界是你内心的折射，它将展现你内心的样子。

由此，我们的内心里，为什么不去掉那些丑恶的东西，以善意想象那些美好的事物和人。一个你不喜欢的人，就不要把他放在心上，祛除不美好，心里就没有负担。你若心中没有恨，也不会得到恨。不要去想我们的生活多么难，别只问自己怎么就这么倒霉，一直念叨反而让你产生更大的负面的情绪。要让你的内心朝着“正当的内心渴望”发展，比如：健康、财富、爱情、友谊、完美的自我实现，以及崇高的理想，这样一来，每天都有幸福的暗示和提醒，那些我们内心深处所渴望的美好的事物，也将在现实的生活中一一实现。

当你内心向往美好，你的生活一定不会缺少美好的事物。当你一直朝着阳光奔跑，你的世界一定会光明一片。

曾经看见一个坐在自家院子里的女子。她赏着院子里那些美丽的花儿，从容地织着毛衣，慢悠悠地等着自己的爱人回家。阳光照在院子里，女子看着自己快要织好的毛衣，会心一笑。那笑，漫开去，融进那阳光里。最后，不知道哪是阳光，哪是她的笑了。时光在这里静静地驻足，而女子却掩饰不住内心无限的喜悦。就是这么一个平凡的女子，却让人感受到来自岁月深处的那份美好与安静。

这个美丽的画面，曾给我留下了异常深刻的印象。

确实，不可否认的是，生活有时是苦涩的、艰辛的。但我们的心之所向，仍然可以朝向阳光，朝向美好。当我们的心是美好的，她将散发出一种馨香，这种香沁人心脾；她也将产生一种能量，这种能量便是我们获取幸福的源泉，也是构成我们美好生活的元素。

在岁月深处，做一个内心美好的人，做一个内心丰盈而安静的人，便能超凡脱俗，过上你想要的优雅生活。

每一种活法都有属于自己的幸福

庄子带着他的学生去郊游，走到一棵古树的面前，他停了下来，问他的学生：“你们知道这棵树为什么能够存活下来并且安享天年吗？”听了学生的回答后庄子只能无奈地摇头，他接着说道：“这棵老树就因为无用而被人忽视，是无用帮了它一个大忙。”

一日，有贵客临门，庄子对学生说：“家中有两对鹦鹉，就把不会说话的那对杀了招待客人吧。”那个学生懵了：“山中的那棵古树因为无用而得以延年益寿，家中的那对鹦鹉却因为不会说话而要遭受杀戮，同样是无用，命运为何不同？”

庄子没有作答，不过最后，那对不会说话的鹦鹉倒是保全了性命。

我们身边其实有很多这样的人，他们很渺小，自身发出的光实在有限，不仅不可以照亮别人，就连照亮自己都很难做到。但是他们却努力地生活着，去过属于自己的生活。他们想要怎样活着，我们大可不必干涉。

曾经看到一对夫妻，妻子坐在丈夫的自行车后座上，不知道妻子说了一句什么，丈夫转身吻了一下妻子，他们有说有笑，恩爱有加，但却受到旁人的鄙夷。但至少，他们比那些在社交媒体上秀恩爱、裸露、炫富的人要简单、真实得多，他们表达的是发自内心的爱和快乐，我们不能粗暴地否认他们的幸福，因为每个人都有自己的活法。

有时，我们很多人以为没车没房就没有好的生活条件。但没车没房其实并不代表生活不美好，每个人都有自己的生活和趣味，没有房贷、车贷的压力，生活反而会轻松很多，不必担心每月要去还多少房贷、车贷，其实也省去了很多辛苦。将物质看得太重，往往会忽视精神的需求。一个人的精神足够富足，才能获得真正的幸福。

生活中，有一种哲学叫作你所认为的样子。

你所认为的那些周游世界的人，都是精彩绝伦的；你所认为的世界，除了春天的繁花，再没有什么美好可言……

然而，很多事情实际上并不是我们所认为的样子，那些周游世界的人，虽然一路精彩，但也一定有着浪迹天涯的孤独；这个精彩纷呈的世界，除了春天的繁花可以欣赏外，还有夏天的凉风、秋天的落叶以及冬天的白雪……每一种存在方式都值得被欣赏，每一种生活和风景都有独特的魅力。

我们不可以用一些刻意的标准来绑架我们的生活，去衡量一个人的生活是否幸福。因为每一种活法都会有不一样的人生，每一种人生会有属于他们不同的幸福。

你有你的人生，我有我的幸福。我们不可以自以为是地为别人的生活粗暴、轻率而武断地下结论，只要一个人的生活不危及他人，不给别人带来伤害，不违背这个社会的基本法则，他们的每一种活法，活出的每一种结果，就都是精彩的，就都值得我们尊重。

第四辑

世事安稳，岁月静好

我想，一个靠内心生活的人，一个热爱文字的人，不管怎样的处境，都不会感到沮丧。如果生活只剩平静二字，那可能才是生活的本真。愿世事安稳，岁月静好！

梦猫记

做了一夜的梦。

梦里，好像自己还是一个孩子，满世界地乱撞、找寻、流浪，到处去飞。又如同一个正准备赶考的书生，想把梦想都说给你听。

天快亮时，我梦见我的猫死了。

死得很残忍。猫的肚子裂了一条伤口，我分明能看清它的五脏六腑。伤口周围的毛都已经脱落。我还看见殷红的血。看着小猫在痛苦中挣扎的样子，我悲痛万分，我看到它太痛苦了，它好像在痛苦中轮回。

于是，我忍痛对它说："小猫，你要是觉得太痛苦就去吧！我在你身边，你勇敢地去吧！"结果小猫听懂了我的话，它走过来绕着我走了一圈，然后挣扎着倒下了，我看见它小小的身躯在地上抽搐，然后身体变得僵硬。

小猫死了。我哭了。醒来发现，我的脸上都是泪水。我以为我的猫真的死了，又任眼泪流下来。妻子帮我抹去了脸上的泪。她一边安慰我，一边说我傻。然后妻子又睡过去了。我也不知道怎么了，会在梦里为一只猫的死伤心难过。我想我大抵是喜欢上猫了。

美国作家海明威说：每一个写作的人都应该养一只猫。他甚至将猫咪在他肩上的图片作为书的插图。作家们都是喜欢猫的，他的大概意思就是如此吧。我以前是不大相信自己会喜欢猫的。自小就喜欢养狗，喜欢狗的忠诚和乖巧。我从未接触过猫，不了解猫的世界。在潜意识里，觉得养猫之人一定是孤独而自闭的，这也只是我的偏见罢了。但，猫是自由而高贵的，它会带给人很多意想不到的快乐。而我在故纸堆里的写作人生，小猫一直陪在身边，猫给了我更多的陪伴和快乐。

现在，我坐在这个城市陌生的清晨，因为梦里猫的死而心有余悸。

也不知何时，窗外下起了晨雨，冬日的雨总让人觉得寒冷，特别是在这个梦中惊醒的清晨。雨水敲打窗台，滴答的雨声将我拉回现实。我靠在床头，轻轻地打开床头的灯盏。这时，我才看见小猫静静地蜷缩在床尾，它一直将它的前爪趴在我的被子上。

它身躯的重量压在被子上，我的脚完全无法动弹，我感到小猫的重量。小猫已经是一只成年猫了，前几日称体重，它已经超过十斤了。

见我开灯，它眯着眼睛，然后伸了一个懒腰，张开的嘴巴伸出一只大舌头。我俯下身摸摸它的头，小猫喵喵的几声，喉咙里发出咕噜咕噜的声音。

这时我才恍然觉得先前的不过是一场梦，小猫还在，它没死，它还在。梦中的悲伤都化成了无端的喜悦。我看见它眯着眼睛，然后叫了两声就不理我了。

作为一个热爱文字的人，我想我大抵是喜欢上猫了。

阿　咪

当初阿咪到我家来的时候，小小的一只，大概三个月大小。

阿咪和我们是投缘的。妻子要养它时，我原本不赞同。但出于对妻子的理解，也没有阻止她。

那时我们还蜗居在中山八路一个小小的老房子里，家里比较拥挤。阿咪的到来总让人觉得局促不安。加上阿咪拉的屎可是奇臭无比，狭小的房间里，总是充斥着猫味。小猫很小，但很灵活，很难抓到它。

它一到家，便开始了和蟑螂、小飞蛾的战争。不久，家里便没有了蟑螂。它抓住蟑螂，放它跑，然后再抓住它，再慢慢地将蟑螂活生生地折磨至死。有时候看着阿咪玩蟑螂，真觉得它是一个顽劣的孩子。阿咪抓飞蛾也是一绝，在墙上的小飞蛾，它有时会飞身扑过去，硬生生将小飞蛾给拍死。

阿咪也总喜欢蹭蹭主人，求抱抱。特别当我在电脑前写作时，总来抢键盘。一开始很讨厌它，然而后来的很多次，慢慢喜欢小猫的入侵。只不过，每次阿咪都被我给撵走。后来小猫大了些，想上床睡觉，但我始终不同意，每次阿咪跳上床来，都被我一脚给踢下去。但小猫很固执，屡败屡战。

后来的一天小猫趁我不注意，索性在我睡的半边床上拉了一坨屎。妻子说，这是小猫在向我宣示主权：“这是我的地盘。”

我第一次打了它。小猫很无辜，一脸悲伤，离我远远的。后来的几天，小猫对我都非常冷漠，看我的眼神也是淡漠的，原来小猫的世界是如此的高傲和有尊严。

后来，我们搬离了中山八路的家。

但在这个老房子里，有很多关于阿咪的记忆，都随着搬到新家的快乐给冲淡了。在新家的宽敞与舒适的环境里，阿咪变得越来越漂亮，到现在它已经快两岁了。

其间，还发生了很多故事。后来妻子又养了一只猫，因为其萌萌的外表，我给它取名为小萌，只是可惜的是，半年前，小萌死了。阿咪又变得孤单。

我相信，我梦里小猫的死，肯定跟小萌的死有关。我亲历了小萌的死，每每想到那个画面都非常残忍，难受至极。听人说，猫一定要见到主人才有死去的勇气。现在回想起来，那一天，我下班回到家之后，小萌非常吃力地在我面前晃悠一下，就跑到厕所门口那里徘徊，然后就躺了下去，当我抱起它时，它已经没有了气息。我用一件旧了的白衬衫包裹了它，然后将它送了出去。

想起日本作家夏目漱石在《我是猫》里，以猫的口吻说："我是猫，还没有名字。我不知道我出生在哪里，只恍惚记得自己在一个昏暗潮湿的地方，第一次遇见了人这种怪物，还有那个人是人类中最恶毒的，叫作书生。"

在夏目漱石的猫的世界里，书生是常把猫抓来煮了吃的。那当然只是一只猫的臆想，猫的世界我们是很难懂得的。但我想，如果一只猫遇到一介书生，应该是幸运的，他们有同样的孤独，同样的高贵，同样的与这个世界保持着某种距离以及某种隐秘的关系。

我想，我是爱猫的。

每一个孤独的人都应该养一只猫。

恍若多年前

我以为，时光像一列行进的火车。

它总是带着你往前走，无法决绝。它从岁月深处走来，有时光穿梭的意境。甚至有些恍惚，不经意之间就流逝了。

那时候，我还在重庆。在这个城市，我喜欢看火车从菜园坝出发，经过我生活的城市，一路南下，留下“哐当、哐当”的摩擦声。我更愿意相信那声音，应该就是时光流逝的声音。

大学毕业后，我在一所中学做教员。

我所居住的，是一间靠近江边的小平房。对岸就是南下的火车轨道。我喜欢站在阳台，看对岸的群山，看江水的流淌，看火车驶过这座安静的小城，一路向南，不管它明天又会流到哪家灯火，又在哪一个偏僻的站台停留。

火车的行走有它自己的生活轨迹，两条延伸的铁轨有它行走的方向，它来来往往，带走了多少时间？带走了多少故事？又带走了多少人的梦想、悲伤和眼泪？

它将时间送往远方。

带着离乡的行囊，那些南下的人群，一走就是一年，有的甚至一走便是一生。

火车穿过山洞，从对岸驶过。它像时光一样，在隧道里穿梭，一节一节地被抽出。我宁愿相信，这时间就犹如这火车，是一段一段的，是时间的行走将他们联系起来的。比如人的出生、衰老、生病、死亡，被人生这条明线贯穿全文。

在我住的平房的另外一边，是一座断桥。

在我看来，它也是一处风景。

但我更愿意相信，它是一段废弃的时光。时间行走到这里，就突然停住了，断了。大地上的事物用这样的方式与过去抗衡，与过去一刀两断，时间的沟壑在此纵横。

但那座桥还是被废弃了，被时光虚掷，它独自在那里兀自站立，有些悲凉和落寞。

这是在 20 世纪 90 年代，当时的政府为了缓解这个城市的交通，准备修建环城大桥，横跨这条江和河对岸的火车轨道就把整个城市连接了起来。后来因为这个城市发生了一些事件，换了几届官员，没有谁会冒风险去修建这座断桥。这桥也还是被搁置了，成为历史遗留问题。时间一直走到了 2007 年，新一届政府大刀阔斧，这座桥才能够开始重建。

一开始，大家欢呼雀跃。但，没想到的是，这座断桥修好之后，反而觉得它不美了。以前的流水、断桥的风景都不复存在了。人就是这么矛盾，它是残缺的时候，总希望它是完美的。一旦它变得完美，忽然发现失去了些什么。

一个毕业的学生给我写信说：“以前走过你住的地方，看见满地的落花，看见时间洒落了一地的忧伤，想起了你曾经给我们讲课时的样子。只是告别了，我的老师，我深深爱着的语文老师。告别了我的高中语文课，告别了那条长长的林荫道，告别那条河水、那座断桥……”学生的信让我想起了那座断桥，那段废弃的时光。

时间真是奇怪的东西，原本残缺的东西变得完善了，它反而激发不了人们的兴趣和热爱。这座断桥，在学生的心里，它还存在着，存在于他们的中学时代。

也许，那断桥，是他们曾经深深怀念的一段时光，也是我无比珍惜的一段回忆。

后来，我也乘火车南下广州。

细细算来，我离开那个城市也有了快十年。

在遥远的南方生活里，那些时光，都成了回忆，在岁月深处回响。一列南下的火车，将我带往这个潮湿的南方城市。许多美好的事物，在哐当的火车行进声里，也随之而去。

现在，一个人坐在这个南方城市的夜晚，窗外的光渐渐暗下去。

诗人白桦说："唯有旧日子带给我们幸福。"坐在窗前，看着城市闪烁的灯火，我怀念起那些从前的日子。那些记忆在我的眼前跳动着，如同往事的眼睛。那些旧日子里的美好和幸福仿佛就在昨日，还未曾走远。

只是，这时光，仿佛是找谁借来的。恍若多年之前，那些旧日子里的美好和幸福也是找谁借来的，只是我，仿佛这一生再也无法偿还。

听　雨

不知道为什么，总喜欢雨天。

喜欢一个人坐在窗前，看着窗外的雨，发呆。

或者，闭上眼睛，听雨。听雨或急或缓，或抒情或狂野。有时候，你会以为，雨就是一个流落他乡的人，赶着一段山重水复的路，刚好经过窗前，要来邻家借宿一晚。

这样想来，对雨总是充满了柔情。雨是滋润万物的精灵，万物也因有了雨水的浇灌变得无比灵动和自然清新。雨水让干燥了一夏的天气变得凉爽万分。特别是南方的雨，出门的时候看着还是晴空万里，而回家的路上便是雨水涟涟。一个习惯了在川西生活的人，在南方这样的天气里，不喜欢出门就带伞，常常被突然而至的雨水打湿，一个人在大雨淋漓的街头被淋成一只落汤鸡。

想起十八岁的时候，总喜欢在雨中奔跑。

心情不好的时候，就绕着屋外的小河奔跑，我是一个不爱说话的孩子。考试考砸的时候，老师批评不敢面对妈妈的时候，我就在雨中奔跑。妈妈骂我没出息的时候，我也在雨中奔跑。雨水打在脸上、身上，好像雨水在向我诉说，它是天空伤心的眼泪吗？

南方的雨说来就来。天气预报里说，台风袭来，整天有雨。

在这样一个下雨天，我可以安静下来，让如此单调，毫无生趣的生活变得沉静，让那久在樊笼的心情变得更轻松一点。可以静静地坐在窗前，什么也不做，就看雨打在屋外的常青树上，看雨水冲刷地上淤积的尘埃。一个人坐在这样的雨天，想着那些过去的点点滴滴，不免有些忧伤。然而，抛开那些往事，心里总是充满了向往。

有朋友说，最不喜欢下雨天。也不喜欢约见一个人，不喜欢雨天阴霾的天气。确实，雨天太缠绵了，有些腻歪，烟雨朦胧，总是雾里看花，如此不真切。

然而，我却以为，要是在雨天，有那么一个人撑着油纸伞，或者甚至不打伞，在雨中漫步或奔跑，又何尝不是另一番心情呢？诗人说，我一想你，我就开始奔跑。在雨中奔跑，邂逅美丽的你，邂逅一份久违的朴素心情，又何尝不是一种快乐呢？

书上说："雨之为物，能令昼短，能令夜长。"雨水让白天缩短，让夜晚延长，让那些花花绿绿的心事开始萌动。

雨水来的时候，总听见淅淅沥沥的雨水打在窗台上的声音。从窗台望去，看见城市的街道被雨水洗劫一空，稀稀落落的人们在街上行走，偶尔看见有人披着雨衣骑着单车在路上行走，也有一辆辆汽车飞驰而过，溅起一地水花。他们都在为了生活奔波，在赶往回家的路上。只是，在城市的窗前看雨，也就没有太多的诗意。看着在雨中奔跑的行人，我想，他们都是和我一样，流落他乡的人吗？虽说我喜欢听雨，喜欢雨天的夜，但南方城市的雨却不那么动人，更让我怀念起川西大地上的雨水来。

那时候，大概八九岁的样子，下雨时，我总喜欢躲在老屋的阁楼上。

阁楼是木楼，有一扇不大不小的木窗。透过窗，可以看见大片发绿的田野。儿时最喜欢一个人待在阁楼上，听雨打在屋檐上的细碎的声响，听雨打在田野上的润物细无声的"沙、沙、沙"的声音。雨水打在庄稼上，打在屋前的石阶上，打在我幼小的心上。那时候，听着雨，透过窗看见对面的山河、绿油油的田野，想着自己的梦和前途：想走进大都市，有一个更好的明天。于是，在雨水的滴答声里，读书，写字，有一种力量在挣扎，也有一种力量叫作梦想。那时候，我是一个伏在窗口听雨，看山，想象外面大千世界的孩子。那时的我，总是那么纯真。但是，雨水会明白一个乡下孩子的心情吗？

儿时的我是这样，十八岁的时候是这样，而今的我还是这样。

三十而立的我，还是喜欢雨天。喜欢下雨的夜，读一本线装的书。虽没有儿时的雨水那么轻盈动听，然而雨声里却多了更多的内容，多了一丝责任和成熟。多了一些对生活的感悟和对世界的认识。雨水，它总是在我最疲惫的时候，洗涤我的心灵。

此刻，南方的雨总是接连不断，窗外细雨绵绵。细雨轻轻打在窗格子上，如同远方的人，要来投宿，你是那个在异乡的雨水里流泪的人吗？你是那个在异乡的雨水中奔跑，隔着一个故乡的思恋的游子吗？

那个人，也许，是你，也许是你流浪的心。

而我，在这异乡细雨的夜，读着这线装的书，读着读着就进入了角色。

乞丐

第一次遇见他的时候，我还是一个乳臭未干的小学生。那时候我迷上了连环画，喜欢看小人书，一放学就往书店里赶。

有一次，书店里来了一个衣衫褴褛、蓬头垢面的人——一个乞丐。他在书店的一个角落坐下来，开始读书，书的封面上印着《牛棚杂忆》的书名。他看着看着就在那个角落莫名地流泪。那时候，我年纪还小，很难理解他的举动，也感到非常好奇。不由得端详起他来：他大概六十岁的样子，满脸皱纹，脸上常有淤青和泥土，头发很长，因为长期没洗的原因，头发结在一起，已经花白的头发上还夹杂着些稻草屑。他完全沉浸在书里，或流泪，或叹息……

由于常去书店，我也经常在这里碰见他。他总是拿着一本书，一个人躲在书店一个角落，颤颤巍巍的，嘴里还念念有词，我总是默默地关注他，我猜想他一定是一个有故事的人，内心深处一定有我们所不能理解的伤痛。之后，每次去书店，内心就有了期盼。

后来，又一次在书店里，我正在看《水浒传》连环画。书中讲鲁提辖听姓金的女子哭诉自己被屠户强纳为妾又被赶出来的不幸遭遇。鲁提辖愤怒地来到郑屠户的肉铺前，三拳打死了他。正看到精彩处，来了一群学生模样的大孩子。他们一行人也在书店的角落坐下来聊天。由于是夏天，不时传来一股臭味，这时，他们发现坐在角落里的那个乞丐。一个孩子趾高气昂地说：“没错，臭味就是从他身上传出来的。”他们要求乞丐从书店里滚出去。那个乞丐蜷缩在那个角落，惊慌失措。见他这样，那几个孩子便变本加厉地对乞丐拳打脚踢起来。

可能是受到小说里的英雄人物的影响，要在别人危难的时候挺身而出，我冲过去大声一喝：“住手！”但结果是，那几个大孩子将我打得鼻青脸肿，鲜血直流。后来，在书店的工作人员的劝说下，事情才得以解决。书店的工作人员帮我止血之后，我离开了书店。这次的挺身而出，也宣告了我小小英雄梦想的破灭。但我觉得我就是《水浒传》连环画里的鲁提辖。

母亲看见我的样子，着实吓了一跳。但我早已感觉不到痛了。后来我和母亲说起了书店里的那个乞丐的事情。母亲急忙问，那个乞丐是不是一直在书店里看书的那个老乞丐？我疑惑地看着母亲，默默点头。

母亲抚摸着我的头，然后和我说起了那个乞丐的故事。母亲说，他以前是县里的领导，因为很公正，没有给那些游手好闲的人提供便利。后来，在那个特殊的年代里被打成走资派，游街、戴高帽，被那些红卫兵批斗。在长期的折磨中，他的精神极度崩溃，最后成了一个疯子。当时，人们一直以为他是装疯卖傻。一直到后来，他得到平反，恢复了名誉。组织充分肯定了他的正直和忠诚，以及他为百姓所做的贡献，准备让他官复原职。但是，那时的他，已经疯疯癫癫，他俨然是一个不折不扣的疯子了。家里的人也没有办法，也只有听之任之。他和那些乞丐一样，会在垃圾堆里找东西吃，只是他尤其喜欢读书。县里的书店便成为他常去的地方。

听母亲讲完乞丐的故事，那个乞丐的形象忽然在我心中高大起来。他不再是一个乞丐，仿佛是从连环画里走出的正义使者，他成为英雄的化身。即便被几个小混混揍了一顿，但我也为自己能够挺身而出感到自豪。

后来再去书店，我习惯性地望向那个角落，但那个乞丐熟悉的身影再也寻不着。我的心里无比失落。再后来我长大了些，离开县城去往远方求学，对乞丐的事情也渐渐淡忘了。

大概是十多年以后的一个春节，我从省城返乡，回家过年，听到阿伯说前几天一个白发老头在长江轮渡上跳江自杀了。还说那个老者以前是县里的高官，后来疯掉了。那时我意识到，那个老者应该就是那个乞丐，那个书店里的乞丐确乎是死了。我的心里有些隐隐作痛。

那个下午，我准备再去看看那家书店。街上热闹非凡，人头攒动，个个喜气洋洋。走进书店，十几年前的陈设没有怎么改变，只是比儿时更旧了一些。我望向那个熟悉的角落，那个角落里现在多了一个立式的空调，书架下早已空空如也，读书的人也变得寥寥无几。

我知道那个乞丐已经死了，我童年的那段记忆也增添了些许悲伤，随之而去的是那段记忆的凋谢和枯萎，随之而去的是我的童年。

（此文曾被选为重庆市南开中学2020年初三期末考试试题）

那一场，苦雨啊

少时的雨天，一个人躲在阁楼上翻看泛黄的书页。听雨落在屋顶的声音，那雨声却充满无尽的忧伤。雨一下起来，仿佛天地间扯上了一张广大的帘子。透过阁楼的木窗看出去，山外的青山在雨水中若隐若现。山峦起伏，屋前的那条河，因为下雨的缘故，却变得浑浊不堪，泥沙俱下。五月的雨水更多，最令人生厌。五月是农忙时节，庄稼人要在梅雨到来之前，抢收麦子。抢收完麦子，田里又要灌水，栽种水稻。所以，人们总是对五月的那一场雨又爱又恨。

那时候，我是生活在乡下的孩子。在一场雨里，我们和大人们一起抢收田间地头的麦子。若是抢收不及，麦子会被雨水浸透、发霉，这一季的辛劳就被糟践了。我们在抢收的路上总是遭遇一场不通人情的雨。背上背着麦子，雨水顺着脸颊流下来，也许是因为掺杂着汗水抑或是泪水的缘故，那味道总是咸涩不堪。

霞是我的小学同学。她和我一样，每年都帮着家里收割麦子。那一年应该是小学三年级吧，那一年的五月，雨水特别充沛。在田间地头，我总能看见霞的影子。那时候的她喜欢穿一件花格子衬衫，扎着两个小辫子，脸上红扑扑的，特别爱笑，挺遭人喜爱的。霞是家里的老大，她还有一个小她四岁的妹妹。霞在我们同龄人中是懂事比较早的。但是，在那一年的五月，在抢收麦子时，却发生了意外，那一场雨成了所有灾难的源头。

先是天上隐隐的雷声，然后是一场突然而至的雨。看着雨水就要赶来，霞的母亲背着麦子在田野上急着往家赶，却在村子外的变电站，不小心踩到了被风吹落的电线。意外就这样发生了。

我见到霞的时候，她正坐在老屋的门槛上哭泣。我看见她的眼泪像珠子一样往下落。我从没有见过一个人的泪水有那么多。那场雨太绵长了，那一场雨让霞失去了母亲。所以，霞总是说，她最讨厌雨天。但雨水就那样无边无际地落下来呀，落在童年每一个忧伤的日子里。

那个五月过后，我们又开始回到学校上课了。但前几天一直都没有见到霞。两个星期后，霞回到了学校上课。那时候的我们不过就是十岁左右的孩子，命运对于霞来说，真是太不公平了。从那以后，再也见不到她脸上的笑容了。

后来我们小学毕业，我们都考上了重点初中。学校在离县城很近的东溪镇上，离我们的家有几个小时的路程。为了节约车费，我们背着一个月的粮食，常常走山路到镇上上学。霞会在她家门口等我。正是这样，三年的初中时间里，我们成了上学路上的亲密伙伴。但最苦恼的就是雨天，道路泥泞，我们穿着水鞋仍然会溅得一身泥土。但那时，总有一股劲，要靠着读书改变那样的处境。初中毕业时，霞考上了一所中专学校，而我却选择了到城里读高中。临别的那天，霞送给了我一本周作人先生的《苦雨集》。在那本书里，周作人先生写给孙伏园的一封信，我到现在还记得。周先生说："我住在北京，遇见这几天的雨，却叫我十分难过。"雨水，就像周先生的文字一样，笼罩着淡淡的哀愁。但在我长期的求学生涯里，那本小书却不知道被我丢到哪里去了。

再后来，在繁忙的学业里，听家里人说起过霞，说是在四川的某个技术学校，但没有人知道具体的地址。以至于后来，我考上省城的师范大学，再也没有见过霞。只是，偶尔听人说起，在我读大学时，她就已经嫁为他人妇了。再后来，在斑驳的时光里，重读周先生的文字，读到他的《苦雨集》，读到他写给孙伏园的信，才又想起，雨水顺着脸颊流下来，也许是因为掺杂着汗水抑或是泪水的缘故，那味道总是咸涩不堪。霞在哪里呢？她还好吗？也许当年她送给我《苦雨集》，可能藏着某种深刻的含义。但在我年少的时间里，终究是一场忘却和辜负。我猜想，当年她读这些文字，肯定有着不同寻常的感受，因为雨水里有太多苦涩的记忆了。

直到去年，我才终于和霞取得了联系。她们一家人都生活在成都这个宜居的城市，她已经是两个孩子的母亲了。在电话里，她的声音爽朗动听，也很爱笑，再也没有了当年那样的悲伤。我想起小时候，她穿花格子衬衫微笑的样子，心里却有些想流泪。我和她说起中学毕业时她送给我的那本《苦雨集》，但她早已没有了印象。

是的，我们都长大了。在这个社会上，我们都是大人了，都有了自己的生活。早就该忘却了，那一场苦雨和那一场关于雨水的苦涩记忆。再苦涩与悲伤的过往，在人的一生里，都会过去，都有终结。现在想来，那一场场雨曾给我们带来了悲伤，但也是上天的馈赠，只是在我们的一生里，恰好有人陪你走过了那么一段人生。往事不能回头，我们都要勇敢地往前走，朝着日子里阳光多处奔去。

就那么笨拙地生活

一开始，我就是那个笨孩子。

小时候，那还是上幼稚园，每次写字，我都是那个最后写完的孩子。一边哭一边写，不知道有多伤心。即便已经三十岁过去了，我还是会想起那时候一个人趴在木桌子上写字，眼泪流个不停的画面。我现在仿佛就是那个笨孩子。

只是每次我都是很认真的，一笔一画用力地写，虽然慢一点，但我还是继续写完，没有放弃。那一堂写字课，一直映照在岁月深处，那个小男孩，还在为一堂写字课烦恼。

及至长大一些，到了中学，却经常丢三落四。一块橡皮，用了两天就不见，其实是被同学借走了忘了还。一本书，用着用着就丢了，其实是被人顺手牵羊拿走了。最严重的是，临到考试，却发现自己的准考证弄丢了。当时的心情，多么急啊！好像儿时在睡梦里到处找厕所，后来发现尿了裤子。怎么办，怎么办？心里乱成一团，只好求助班主任，却又害怕被骂。那时候的自己，真是一个笨小孩。

当初的心情，现在想起来还那么真切。

多年过去了，直到现在的我作为一名教师，看着那些笨笨的小孩，却那么努力地奋斗着、生长着，没有放弃自己的梦，我好像又看到了当年的自己。

我还是那个笨孩子吗?

我还是那个弄丢了准考证哭鼻子的孩子吗?

依然记得，学生时代，为了能够看到金庸的《天龙八部》，却傻傻地将自己一个月的生活费搭上一部分。可无情的是，被班主任发现给全部没收了。那红色外壳，烫着金边的书皮至今还记得起，多么爱啊!

当时，在数学老师做班主任“当道”的日子，一个读课外书的小孩是多么不务正业。但我就是那样的孩子，在书里的世界，有谁能懂?

但那些时光已经伴随着岁月的流逝而流逝了。

偶尔回想起来，仍然有些感动，当年那个笨笨的自己。

一直到现在，在现实的生活里，我还是那么笨拙地生活着。

别人做一件事需要一个小时，我用两个小时，但我必须去完成，不会偷工减料。别人面对人际关系时，总是那么游刃有余，得心应手。而我却傻傻的，直来直去，面对复杂的关系，往往不知所措。我以为善良总是可以感动别人。不知道别人会在背后说三道四。事后，其他人说起，才知道，原来是这样的啊。一脸傻呆萌，但我也不是很在乎。

太在乎，伤了自己。

《小王子》里有这样一段话，我仍然记忆犹新：时光流逝，童年远去，我们渐渐长大，岁月带走了许多人的回忆，也销蚀了心底曾经拥有的那份童稚的纯真，我们不顾心灵桎梏，沉溺于人世浮华，专注于利益法则，我们把自己弄丢了。

也许我就是那种笨笨的人，还存有太多的幻想和善良，对利益法则看得没有那么重，相信笨笨的人自有他的好。不过再怎么笨也不能够丢了自己，那个笨笨的自己我们将去哪儿寻找呢?

作家三毛说：人类往往少年老成，青年迷茫，中年喜欢将别人的成就与自己相比较，因而觉得受挫，好不容易活到老年仍是一个没有成长的笨孩子。我们一直粗糙地活着，而人的一生，便也这样过去了。

在这个世界上，有那么一些人，和我一样，和三毛一样，一直那么粗糙地活着。没有计较太多，面对事物还是那么纯真，没有学会算计。也不会因为受挫，或者别人的指责，而刻意改变自己，到老还是一个没有成长的笨孩子。在现实的世界里，还那么笨拙地生活着，不改初衷，就如同当初幼稚园里那个为写字烦恼的笨孩子。

就那么笨拙地生活着，去很远的地方，只为一场远行；

就那么笨拙地生活着，还有着梦想，以为有梦的人，生活也不会差到哪里去；

就那么笨拙地生活着，还依然热爱着，无论世事变迁，心里充满了光，那是我们生活的全部意义；

就那么笨拙地生活着，有快乐，也有烦恼，爱着，也偶尔恨着，每一天都有不可企及的美好；

……

只是，岁月如歌，忘词本是常事。

随着时间的流逝，年龄渐长，从十八岁到三十岁，成长逐年在我们身上留下不同的纹路，好看也罢，不好看也罢，但终究也还是成就了今日的我。

我就那么笨拙地生活着。过去的让它过去，紧紧攥住在手心里的日子，再怎么残忍，也不放弃唾手可得的幸福。

岁月静好

时间走着走着，就从立春走到夏末。我在这个城市的日子，也逐渐成了回忆，走向时光更远处。唯一不变的是，屋外的这条江依然不舍昼夜地奔流。

这个城市的人们生活在漫不经心的步调里，过着平静而悠闲的日子。我曾经生活在这里，这个城市与我有着密切的关系。我热爱着，这个城市的一草一木，一春一夏。那时，我在这个城市平静地生活着，安静地教书，平静地写作。于暮色四合之时，和一些文学界的朋友喝茶聊天，甚是惬意。

我们曾经坐在江边，一起品读阿赫玛托娃的诗歌，那个为爱执着痴迷的俄罗斯诗人。我现在还记得她的那首《分离》：

> 这里就是北海边的一处海岸，
>
> 是我们不幸和光荣的尽头——
>
> 我不明白是幸福还是痛苦
>
> 让你伏在我脚下泪水长流。
>
> 我再也不要注定的失败者——
>
> 无论俘虏、人质还是奴隶。

只有我爱的百折不挠的人，

我才与他分享面包和宅地。

每次读起来都是热情高涨，又充满伤感。“我不明白是幸福还是痛苦，让你伏在我脚下泪水长流。”在北海的一处海岸上，诗人看着这滚滚而去的北海，想着自己的爱人，一如这奔流的江水。

是幸福，还是痛苦？就让你伏在我的脚下泪水长流吧！我想，那一刻，阿赫玛托娃写下这首诗时，一定眼里含着泪水，幸福得一塌糊涂……

而此刻，我和你又坐在江边的堤岸上。手里的盖碗茶依然有着余温。傍晚的阳光从山峦之间照射过来，江面上来往的船只，在夕照之下如同水墨的山水，被镀上了金色。江水的对岸是南下的铁轨，它穿过我生活的城市，像两根紧靠的脊骨。也许我和你是这个城市里两个相依为命的人，如同这紧靠的铁轨，缺一不可。

那时，我的小屋在江边。小小的屋子弥漫着一个年轻人所有的梦想。你是梦想的见证人。那时的我还年轻，我常常伫立窗前，看河水静静流向远方。我时常听到水的涓涓细流和那来自某个积雪的黄昏冰雪融化的天籁之响。我甚至以为，这江水一定是从遥远的冰川流过来的。或者，这江水如同眼泪。

有时候，我满足于这样的生活，满足于平静而与世无争。我想，一个靠内心生活的人，一个热爱文字的人，不管怎样的处境，都不会感到沮丧。有人说，这个社会如此浮躁，还有多少人会安安静静的生活？但只有内心丰富的人，面对现实生活的种种，才不至于太过苍白无力。

如果生活只剩平静二字，那可能才是生活的本真。

愿世事安稳，岁月静好！

把日子过成一首诗

如果可以，我想过这样的日子：把每一个日子都过成一首诗，简单地生活，世事不再复杂，做一个明媚的人。

如果可以，我想过这样的日子：在一片属于自己的园子里，种菜、挖地，和所爱之人分享阳光下的甜蜜心事。

如同顾城在诗里说："草在结它的籽，风在摇它的叶子。我们站着，不说话，就十分美好。"

闲时，我在阳光下的藩篱旁边读一本自己喜欢的书，饮一杯清茶，把岁月的美好都记录在文字里。每件事都不再重要，每件事都是闲事。

我们总是做着这样的梦。也许，那些美好的生活总是离我们太远，似乎飘在遥远的古代，如同"采菊东篱下，悠然见南山"的悠远，或是"涧户寂无人，纷纷开且落"的随性、随喜。

我们都有美好的愿景，因为每个人心中都有一个理想的世外桃源。

但是，生活是现实的、残酷的，那些虚无缥缈的理想生活在现实面前不堪一击，让我们那些隐于闹市、回归田园的理想生活化为泡影。

但我们并没有因此而灰心丧气。相反，我们每天都在努力，努力让自己过得更好，努力让自己生活得更有意义，努力活成自己喜欢的样子，努力去完成自己心中的所想、所念。

当然，我们每个人心中的生活都不一样。

每个人的人生诉求不同，方向也就不同。但无可争议的是，我们都在努力生活，努力让自己成为一个发光体，即便是平凡而卑微，也要有一点萤火。

也许生活实难如愿，但我们从未放弃努力。

罗曼·罗兰说："世界上只有一种英雄主义，那就是看清生活的真相之后，依然热爱生活。"我们每天面对的，都是异常现实的生活。无论它多么冰冷，也从未放弃，因为我们都有追求美好的权利。我们完全可以选择自己所爱的，爱自己选择的。因为，每个人都有选择的权利。

我们之所以努力，是为了自己有资本不做不喜欢的事；为了遇见自己喜欢的人时，不会因为自卑而错失；为了让自己面对生活时，可以用自己喜欢的方式作答。我们可以选择和喜欢的人在一起，做喜欢的事，过喜欢的日子，把每天都过成生命中最美好的日子。

渐渐地，我们都习惯了努力地生活。我们在城市里打拼、奋斗、攀爬、转身和思考，但不得不说，我们面对的是喧嚣尘上、焦灼浮躁的时代，人们越走越快，越走越违背初衷，越走越偏离自己始发的方向。

为此，我们困惑。似乎无论怎么努力，我们都无法过上自己想要的生活。生活亏欠我们，已经很多，却不知何时偿还，能不能偿还。不要怀疑，生活绝对不会辜负努力的人。

生活与你，向来两不相欠。如果有，只是暂借。如果事与愿违，一定是上天另有安排，以我们不曾想象的方式，在另一个地方出现。

今天的我们，生活无论艰辛还是美好，都要倾尽全力。只有这样，我们才能无限接近理想的生活。只要真正努力过，成功就不会缺席。如此，从今天开始，但愿我们都能过想要的生活，如果可以，就把日子过成一首诗吧！

忘却的记忆

四月初，高中时期的好友和我说起很多年前的事情。

高中毕业时，我们几个好友约好一起去一个同学家玩。他说，当时我抱了一个大西瓜，还没到同学家，西瓜就被我摔成几大块，那样子可窘迫了。好友在电话那头边说边笑，好像就发生在眼前的事情，但我却一点印象也没有了。

我说：“有吗？我怎么不记得了？”

他说：“那时候，你还自责了很久呢。你真的想不起来了？”

我心里发怵。我想我是真的忘记了多年前的那些事情了。

当我还是一个文学青年的时候，经常喜欢在本子上写写画画，每一首写过的诗歌我都可以随口吟诵出来。现在，有一次一家杂志社给我寄来稿费和样刊，我却忘记什么时候发的邮件，文章又是在什么情况下写的。一个师妹邀我给她编辑的杂志写篇回忆大学生活的稿子，我也是忘记了。过了一周，师妹打电话说稿子的事，我恍然大悟，方才想起还有这档子事。

看来，记忆这东西有时也是靠不住的。

很多事情随着时间的流逝，渐渐地被岁月冲淡，以至某一天，全然忘记。那些过去便如幻影，不复存在。

只是，依稀还记得，那一个雨夜，屋后山林里的桐花落尽。相思树旁无尽的夜色，被你从遥远的地方收走。有一天，我偶然在书架上找出她从台湾寄回的明信片，上面写着："台北的夜，想你。"我已经想不起是什么时候的事情，也想不起当时的心情，包括那些年轻时有过的伤痛。

曾经以为，我们会眷念一辈子的东西，最终还是失散零落了。

我有时想，忘记了也好，至少没有那么多的往事纠缠不清，没有那些令人烦心的人和事一直在心里挥之不去。

但有时，我觉得可能是选择性地遗忘了那些令人不堪回首的往事吧。

这样，或许我会更轻松一些，仿佛我还是来时的样子，如同当初，涉世未深，一点人情世故也不懂。

王蒙老先生说：感谢忘却，人们来了，又走了。记住了，又忘却了，有的压根儿就没有记。谁，什么事情能够永远被记住呢？世界和内心已经够拥挤的了，而我们，已经记得够多的啦。

现在想起来，那些忘记的原本就不必记住。

在我们的生命里，我已经记得够多，但太多都成了负累。其实，很多事过后根本就没有什么大不了，只是自己给自己太多的设定，根本就不必放在心上。那些重要的事情都没有时间去完成，又何必去计较人生中原本就可以绕过去的部分呢？

对我们来讲，抓住那些过去不放，是让过去跟自己过不去。我们放下了过去，便放下了执着；放过了别人，也就放过了自己。

世界和内心已经足够拥挤，那些忘记了的，就让他成为过去。于我而言，这都是一种释放，有理由相信，我们可以轻衣简行。

青春的心情

那个夏天，从来没有那么漫长过。不过当时，虽然有着等待的纠结和彷徨，高考过后，心情一下子就焕然一新。生活中，好像随时会有惊喜从天而降。事实上，最后的结果告诉我，太过自负的青春，失败是在所难免的。

那个暑假苦苦的等待，却毫无惊喜可言。拿到成绩单的时候，我傻了眼，一看知道自己所憧憬的大学成了泡影。也许青春便是这样，期待越多，反而达不到，反差也会更大，这便是遗憾产生的根源。

于是，那时稀里糊涂地进入了当地的一所师范大学的中文系。只是还好，能够进入师范大学，也算是不得已而求其次吧。本打算复读，非考上北大不可，但至爱我的母亲却极力阻止我去复读，并背着我将我所有的高中复习资料卖掉了。后来，才发现母亲将我所有的日记也悉数卖掉，对我来说，那些中学六年的日记是多么重要，那是我青春所有的心情，如今已成为泡影。曾经有一段时间一提到这件事我就大发脾气，现在也慢慢地淡然了，只能是一种遗憾。失去的东西，必定不属于自己，这是宿命。

从那时开始，我知道，我这一生将要开始漫长而乏味的教书生涯。一直到现在，我已经教书十年，十年的青春，平凡中的人生，每一天就这样过去，就这样生活，爱着，抑或挣扎着，但还是在咬牙坚持着，一切都得去过生活。想起十年前，我还是那个有着梦想的青年，有着美好的期待，对未来还抱有幻想。

在大学，我开始热爱上了文字。它仿佛有一种魔力。于是我开始用笔去抒写自己的心情，写青春的心思，写青春的疑惑，但那些文字往往都是无病呻吟。只是文字，在那些时光里，却成了我释放的出口。在青春的时光里，我是一个有些偏执的文青，在文字里寻找，在文字里挥洒，在文字里开怀，在文字里哭泣……

因为爱书的缘故，我也获得了一些奖项，文章也开始见诸报端，也受到了当时系上鲜教授的青睐。鲜教授是那种很随和的人，没有教授的架子，和学生相处很愉快，特别赏识写文字的学生。我也有幸受到鲜教授的关注。

去拜访鲜教授是在一个秋天的午后，我还记得风吹来时落叶飘飘的那个校园的样子。道旁的银杏树已经变得光秃秃的，全然不再那么高贵，反而觉得很颓丧。我穿着一件极为破旧的蓝色 T 恤，极为寒酸，有那时一个大学生的所有特征，却又不以为然。

当我第一次进入鲜教授的书房时，满屋子都是书，简直吓了一跳。当时心里有一个想法就是教授都把这些书读完了吗？但碍于羞涩的性格，我却始终没有说出口。那时候，也许是青春里有太多的疑惑吧，对任何事物都充满了好奇。但直到现在，也很感谢鲜教授，他让我心中有了参照，对后来我的写作有了很大的影响。

但很多年后，当我也有这样的满满的一屋子藏书的时候，也是我大学毕业之后的十年。藏书的心情，尽然像当初鲜教授那样。十年过去，青春也离我们渐行渐远。当我的学生来拜访我时，也时常问起当初我想问鲜教授的问题：“这些书，你全都读了吗？”

我只是笑一笑，不知道如何回答。

因为十九岁时，我也曾有过同他相同的问题。

我是回答看过呢，还是说，一些看过，一些还没有？

甚至说，怎么可能都看过，只是爱好藏书罢了。

我也只是搪塞了事。

其实，我是怕说自己没有看过，而让学生丧失了读书的兴致。

在这十年来，认识的人越来越多，真正的朋友却只有那么几个。书也越积越多，但真正喜欢的书也只有那么几本。于是，我想，书就好像朋友一般，有那么多，并非都是交心的，而这一屋子书，真正喜欢的也无非那么几本，还有很多书只是泛泛翻过而已。不过，无论时间怎么变迁，我都还记得在哪里所买，买书时的年月和当初买那书时的心情。

但后来无意中读到马家辉的故事。

当年十九岁的马家辉拜访作家李敖时，被李敖满满一屋子书给吓傻了眼，他也问了相同的问题："这些书，你全都看过？"

马家辉算是李的学生吧。马家辉的心情和我一样，和我的学生一样，面对满屋子的书，想着一样的问题。这样的疑惑，后来慢慢揭开，马家辉写下了厚厚的一本《李敖研究》，算是对恩师的致敬。

也许，在青春的年纪里，青春的心情大抵相同吧！在满满的书架面前，有些瞠目结舌。当时，李敖笑了笑，回答了马家辉，当然没有，也不需要，但我知道自己拥有什么材料，当我需要的时候，可以找出来用。这书有时候会带给人一种信仰。特别是在精神极度匮乏的社会里，书显得尤其珍贵。

这样，我便可以借李敖的话来回答我的学生了。

这样也就不会显示出我的肤浅，更不会无端地伤害那些青春世界里热爱文学的青年。他们和我一样，曾经那么热爱，有青春的，有生活的，更有奢侈的文学的热爱。

我们都有过美好青春的年华。在青春的时光里，我们都充满了疑惑，想去寻个究竟。就好像：“这些书，你全都看过？”这样的问题。傻傻的，却又真实地展现了青春的心情。就好像你恋爱了没有？女（男）朋友怎么样？这样的心情，其实就是一种青春的情绪。因为，无论你现在年方几何，都有过为了理想去努力奋斗的日子，有在困境中挣扎的日子，有快乐无忧的美好日子，但无疑，我们都有过义无反顾的青春，青春的心情也大抵相同吧。

这便是我十九岁的青春，也许和你的有所不同。

生活继续，梦想不灭

一

人生，岂能没有梦想？

在我的世界里，曾经有过许多的梦想。每一个梦想都曾经憧憬过，为此努力过，失意时试图放弃过。有失败的教训，有坚持的勇气，当然也有失败的苦恼，收获的喜悦。无论如何，梦想都在我心中闪闪发光，都未曾放弃过。每一个梦想都不尽相同，但每一个梦想背后都有一个年轻人为未来所付出的全部的憧憬和坚持。为每一个梦想的实现，都付出了令人想象不到的努力和坚持，在每一个梦想实现的背后，都有一段令人难忘的奋斗史，甚至辛酸史。

一次，一家报纸专访我时，问我当初最大的梦想是什么？我一下子有点懵，答不上来。我和所有的人一样，有着真实的生活，平凡的人生，梦想在一点点被现实层层剥离，甚至彻底打碎，如同一张被揉碎的拼图。

当初我对文字许下的心愿，是那样信誓旦旦，而现在一下子竟然答不上来。曾经立志做一名律师，但后来却没有实现，落了空，徒有一腔为国为民的抱负，公平、正义，在当初让人热血沸腾，试图去改变所有的不合理，旧秩序，但太多的却只是空谈；后来在大学，立志做一个自由撰稿人，可以有更多的时间由自己支配，但后来发现自由是需要孤注一掷的勇气，需要有强大的经济做支撑，文字根本养活不了自己。因为，首先要生存，然后才是生活和梦想。

我也曾有过短暂的法制报记者生涯。记得一次采访，却被毫无素质可言的小官僚关了禁闭，与我同行的还有法制办的主任。之后，报社要求放人，我们才得以脱身。回去之后，主任在采访车的后座上长叹了一口气，大声骂出了脏话，对我说，小余，这就是现实，你能改变的不是这个社会，也往往改变的只有自己。迫于现实与梦想的差距，残酷的现实让我只能打道回府，很多现实并没有我们想象的那么纯真。只是，于我而言，不管面对怎样残酷的现实，我从没有气馁。后来，又回到了教师的岗位上，一来便开始热爱上。一方面是因为学生带给我感动和青春；另一方面是在这里我发觉我还可以做很多事情，也许不能改变什么，但有很多学生可以去塑造，让他们更有梦想和良知，以及对这个社会的责任。

那家报纸采访我说，作为教师和作家，你更喜欢哪一个身份？我说我更喜欢教师这个身份，我可以从这些孩子们身上，看到曾经的我，看到他们为梦想忧愁，为梦想奋斗。我又回到了中学时代，那时候的自己只有十八岁，不曾想过有一天会成为一个写作者，成为一名教师，但无论如何，曾经都梦想过，有过梦想，有过真实的为梦想所做出的努力。

不过，每一个现在，都是曾经的梦想和现在的真实。每一个梦想都不曾忘记，每一个现在都是梦想的延伸。

二

在我还是很小的年纪里，我为梦想去追求，去实现，去烦恼，这一路上，伴随着成长，一个个梦想被不断实现。

而三十岁之后的人生，又不一样，有了自己事业的坚守，但还是会不忘当初的愿景，一个有梦的人，生活便有了方向，不至于沉沦。也可以这样说，在我三十岁之后的年纪里，我依然没有放弃过曾有过的梦想。明白自己来自哪里，将要去向哪里，即便一生颠沛流离，孤愁潦倒，也不忘心中理想。

有梦想的人，心中才会敞亮，所有的一切才会变成光。就像在东方卫视一档节目《笑傲江湖》里，一位梦想成为演员的年轻人，曾经历了多少嘲笑，在大排档表演丑角，甚至被人辱骂，被人当做发泄的对象，在大冬天里，作为一个小丑却要跳进冰冷的水里逗观众一笑。这些心酸的经历，便是他为梦想而做出的努力，为梦想的坚持。他以幽默诙谐的表演，让观众哈哈大笑，笑的背后，曾是他为梦想所做的一切。他最终获得了冠军，他是一个冷面杀手，更是一个好演员。

我们的生活亦如此。我们每个人都是生活中的一名演员，在人生的旅途上，演绎自己的角色，即便是一个很蹩脚的角色，我们都要倾尽自己的一切。人生这部片子，只有前进，到头了，不能再往返，因为有了梦，精神才会富足，一切变得与众不同。

生活继续，梦想不灭。

作为人生的一个演员，生活在五味杂陈的世界里，在芸芸众生中都试图去演绎好自己的角色，不论是花旦，还是小丑，都要去认真演绎，这样才会离梦想更近，才不会是空谈。想起周星驰在电影《喜剧之王》里演一具死尸，突然有一只蟑螂，莫文蔚就跳了起来，但星爷没有跳，一动不动躺在那里，导演踢了他一脚，他仍然一动不动，导演问他为什么不跳起来，他说：“我现在演一个死尸，只要导演不说 CUT，我就不能停。”作为一个演员的梦想，就算是演一个死尸，也要专业。

梦想如同财富，是一点点积累起来的，没有一下子就完成的梦想，只有一点一点地集聚的成功，人生也是如此。

三

也正是有了对梦想的坚守，才有了精神世界的崇高与富足。

国学大师陈寅恪，后半生一直生活在岭南，不愿北上，他一生都为了梦想而去追求，在权势面前不屈服，在真理面前不退缩，即便是在最艰难的日子里，也不放弃求索，不放弃对梦想的坚守，这是他孤高人格的坚守。

他说："独立之精神，自由之思想，是必争的，且须以生死必争。"陈寅恪先生坚守自己，为独立精神、自由意志坚守人生最后的岁月。

老先生在《论再生缘》里所说："文人薄命，才女亦然。"对于陈寅恪先生而言，文人不仅是薄命，而是命途多舛，时事艰难。

但，这是大师的一生，也是他为梦想的一生。

他至死也不忘他一生所坚守的"独立之精神，自由之意志"，堪称典范，值得尊敬。

四

闲来读《华严经》。

经书里有这样一句话："不忘初心，方得始终。"不忘记最初的承诺，才能做到有始有终。这句话很多人都会说，但不知道它的真正出处。这句话也一度因被乔布斯推崇而风靡，我没想到他拿这句话做了他第一部电影的名字，虽然有些励志的成分，但无疑是恰到好处。乔布斯用这句话，也正印证了他作为梦想的一生。而我们总是忘记了当初的梦想和初衷，以至于和梦想背道而驰。于是，有人说，我们只有在轻狂少年时才敢妄谈梦想，不计一切地去实现它，只因我们输得起，无所牵挂。

但是，为什么梦想不可以追随我们一生呢？

我们为什么不可以追随梦想一生呢？

人一旦进入社会，往往忘记了当初的志愿，不能坚持到最后。这是人生最大的遗憾和缺陷。也许是我们走得太远，而忘记了当初为什么而出发。也许是现实太残酷，再没有坚守的勇气。但一个没有梦想的人，何以能在当下的生活里发出自己真实的声音，为生命存在的价值而呐喊。

五

佛家说：众生有尽，我愿无穷。

也就是说，众生度尽了，我还有我的梦想。无论现实如何残酷，也不放弃心中梦想，让梦想追随我们一生吧。就像夏天逝去了，我还有秋天可以等待，冬天严寒难耐，我还有春天可以守望。人生处于穷困潦倒之时，也不会放弃心中那一点零星的微光。梦想如同一幅拼图，也许倾尽一生去拼凑也不尽完美，但一点也不让人妥协。

这便是我们的人生。

在路上

80 后作家易术说："没有梦想，何必远方。"

易术在长达十年的逐梦旅程中，经历了背叛、欺骗，经历亲人离世、友人陷害，以及让人瞠目结舌、极具特色的"中国式困境"。但他仍以一种倔强、温暖的方式生活，去远方打捞世界。他经过十年的努力，成为北京福星传媒的总裁和创始人。

我们还年轻，总是向往远方的世界。

海子有首诗歌《小站》，写出了一个少年的情怀：我年纪很轻 / 不用向谁告别 / 有点感伤 / 我让自己静静地坐了一会儿 / 然后我出发 / 背上黄挎包 / 装有一本薄薄的诗集 / 书名是一个偏僻的小站名……

到远方寻找属于自己的梦想，追寻属于自己的人生。一个少年，充满激情，向往远方的世界，不想再待在原地，不想再过苟且平庸的日子，不想再过一成不变的生活。远方有一片沃土，可以滋养少年的心。

因为，年轻人终究要远行，我们总是以不同的方式向自己告别。

我们告别家乡，告别过去的自己，一路上行程艰辛，心中孤独。我们总是在迷惘中，接受一个又一个新的开始。

美国"垮掉的一代"作家杰克·凯鲁亚克在小说《在路上》中，讲述主人公萨尔为了追求个性，与迪安、玛丽卢等几个年轻男女沿途搭车或开车，几次横越美国大陆，最终到了墨西哥。生活在巨大的矛盾中的年轻人，固执地独自上路，抛开一切束缚性的枷锁，疯狂地寻找着出路、价值、爱情，或者其他。在残酷的疲惫奔波过程中，他们终究还是向世俗的道德、责任、价值忏悔。不管是乖孩子的路，病人的路，浪荡子的路，都属于不同的人生。

但前提是，你必须找到属于自己的路，并且坚持在路上。

到底我们该走什么样的路，怎么走？

都无从回答，没人能回答。

我们还是在路上，也许路途是坎坷的，可能会孤独和迷惘，但是只有经过蜕变的痛苦，我们才能得以成长。

迅速地把昨天装进行囊，我们轻装出发。

让我们带着好奇心，到外面的世界行走，奋斗，收割我们的思想。只是因为年轻，我们可能会走很多崎岖的路，一时无法看清自己，这便是看着迷茫的原因。

生命恰似一场旅行，我们都是其中的过客。

在这个过程里，其实我们更需要的是不断地播种、收割自己。虽然有时候过程会有些长，但是不要慌，生活没必要分秒必争。觉得乱的时候，就停下来把自己整理一下，然后再出发。沉住气，忠于内心，生命才饱满。

人生当中，行万里路，读万卷书。看过，经历过，你才会发现世界是什么样的，自己需要过什么样的人生，适合什么样的生活，适合在哪里，做什么样的事情。年轻人不要害怕重新出发，就怕经历了很多年之后，仍然还站在原地，我们却没有能力去过自己想要的生活。

趁我们还年轻，整理好自己，立即出发去远方的世界。

思君不见的渝州

作家江国香织在《那座城市的底蕴》里说：“许久没有去纽约了，仅仅写了这么一句，皮肤便怀念那座城市的空气。”读着这样的文字，又加上自己在南方生活多年，就更增加了我对重庆这座城市的想念。

半夜的广州，在一场小雨之后，稍微有了些凉意。一个人坐在夏天的夜里，在我的水云间书斋，想起那些重庆的生活，怀念重庆的清新空气。

离开重庆快十年了，十年的时间已不复当年模样，我也不再是当年那个年轻的小伙子了。越是随着年纪增长，对曾经生活的重庆的思念就越浓厚，也许这样的感受只有长期漂泊在外的人才能懂得。

十年的时间真是太快了，我也到了三十好几的年纪了。

但有时细细想来，又仿佛在昨日。

我乘坐一辆绿皮火车南下广州。那时候，火车站还在菜园坝。我拖着行李，告别了我曾经的爱人，告别了我生活的故土。

火车站是一个充满着告别的场所，充斥着无穷的伤感。以至于在很长一段时间里，我都害怕一个人乘坐火车，害怕告别，害怕在火车路途中孤独与难消的永昼。

我怀念那茶余饭后的闲散时光。

我怀念和朋友在大夏天时，光着膀子吃火锅喝啤酒的畅快淋漓。怀念陈家湾的时光，怀念枣子岚垭的旧事，怀念在朝天门站在码头上望江的少年伙伴。

这种怀念随着时间的推移也越来越浓烈。

后来，在我离开重庆的很长时间里，我写下了这样的诗句：

站在朝天门码头往外望
嘉陵江和长江
是故乡大地上的两滴
浑浊与清澈的眼泪
朝天门是眼眉
老泪纵横
那泪水怎么流
也流不尽

但这些怀念有时是极个人的，带着极其隐秘的自我色彩。

犹记得，那时候，喜欢在三峡广场西西弗书店的旧时光，我在那里写出了大量的文字。手写的从前，在白纸上蔓延。很多年前，在圣诞节，重庆沙坪公园人山人海，人们非常拥挤，整条街水泄不通。但是现在的沙坪公园早已不再有当年的盛况。

当然，不得不说的还有瓷器口。那里有太多的故事和人生的经历了。如果有一天，和相爱的人牵着手，再次走在这条街上，会有着别样的情趣和感觉。走在青石板上，时光漫步，生活的步调是慢的，那种慢里有别样的生活趣味。或者，坐在嘉陵江边，看船只从眼前驶过，任风轻轻吹过，那样闲散的日子，多想时光是虚度的。

在广州的日子里，还特别想念重庆的吃食。在重庆时，一早起来，吃一碗重庆小面，沙坪坝的巷巷面。还有沙坪坝老法院背后的蘸水米线，喜欢嘴巴麻酥酥的那种感觉。或者，吃一碗豆花饭，豆花上面撒着嫩绿的葱花，那种味道让人怀念。当然，火锅更是一绝，无须赘述。在电影《火锅英雄》里，陈坤等众多明星用重庆方言本色演出，真正表现出重庆火锅的那些事儿，表现出那种重庆人豪爽、义气的性格。

重庆这个城市，有着非常鲜明特点。这座城市很直接的感受就是给人神秘的气息，就像王家卫导演的电影《重庆森林》。每看一遍，都感觉神秘而怀念。由张一白导演的《从你的全世界路过》全程拍摄都在重庆，那里的每一个小巷子，每一条街道以及磁器口、上清寺、鹅岭的夜色，真是美极了。

重庆是一个很清新的城市，有自己的个性格调，在长江以南，江陵江边，歌乐山下的重庆，都是我想念的重庆。

在广州生活的日子里，并非不快乐，但重庆是我的故土，是我灵魂深处魂牵梦绕的根，那里有着我年少的记忆。

老舍先生在《想北平》里说：“要落泪了，真想念北平呀！”

而此刻，坐在广州的深夜里，我想起了那些重庆的日子！想念的时候，重庆就变成了李白笔下，思君不见的渝州。

我喜欢你是寂静的

寂静，是一种生活的安静姿态。

我喜欢这样安静地生活，喜欢你是寂静的，如同消失了一般。

在青少年时代，为了爱流眼泪，并固执地认为，除了她，再也没有可以爱的人，她是唯一。除了她，便没有世界。然而，后来才明白，那些曾经挚爱的，都只不过是一场绽放即散的花火。

杨绛先生说，我们曾如此渴望生命的波澜，到最后才发现，人生最曼妙的风景，竟然是内心的淡定与从容。我们曾如此渴盼外界的认可，到最后才发现，世界是自己的，与他无关。

就如同爱情。曾经如此绚烂、忧伤，到后来，却如同一场盛大的仪式，绚烂过后，终有散场的悲伤。除了落寞，最终还是会选择安静，趋于内心的平淡和从容。

对于年轻的我而言，怀疑，伤感，对未来世界充满未知。但在后来的生活里，对世界的认知让我明白，所有的矛盾都不是问题，无非是一种忙碌状态下的空虚；无非就是在世界面前，我们都有过的迷茫；无非就是在奋斗中的沉潜和寻求肯定，越害怕失去，却越想攥得更紧的年少情怀。

面对真实的生活，我们最害怕被漠然无视。但我们大可不必因为别人的无视而否定自己。那些无视你的人，对你的世界构成不了威胁。世界是自己的，与他人无关。万物有灵，我的世界，我宁愿它是安静的。

静下来的时候，习字、写作，偶尔到郊外看看风景，呼吸新鲜空气；和喜欢的人聊聊天，饮饮茶，说一些喜欢的人和事，时间就这样过去了。不要把这样的静默看成是时间的消耗。也许，在我生活的所有时间里，它只是另一个自我塑造的过程。人生如此，不过是一场戏。你努力成长为更好的样子，不单是为了某一天，有一个正当年纪的匹配之人，而更多的是让我们生活得有姿态。

我喜欢这样安静的生活。因为，在生活中，喜欢寂静，便不会狰狞可怖；喜欢寂静，便不会浮躁不安。

在繁华喧嚣的城市里，一个人只有安静下来，细数那些在生命里溜走的时间，才能真正地看见自己，看见那个在生活中不断奋斗前行，仍然还保留着初心的自己。看见那个从一个瘦弱的孩子，逐渐成长为坚强的自己。

生活，原本就是一场修行。如果现在你还是孤身一人，在坚持和犹豫中浮躁不堪，希望你能够安静下来，再坚持一下。只有先过好自己的生活，把自己变得更好，才会有相同频率的人找到你。越是孤独，越是安静；越是寂静，越是心安。

宁远说：把时间都浪费在那些美好的事物上。在生活里，做自己喜欢的事，所有的努力都会如愿以偿。因为，一个执着于自己梦想的人，一个内心安静而温暖的人，这个世界一定会温柔地对待他。

你可以安静地生活，爱一个人，选择和自己喜欢的一切在一起，坚守自己的世界。在岁月里成长，在时光中安详。

我喜欢这种平静生活，就如同我喜欢你是寂静的。

第五辑

在薄情的世界深情地活着

时过境迁，在南方这个城市，曾经这般飘零的悲伤，年纪增长的落寞，我们都还如此深情而真实的生活着。世间的事，除了生死，哪一件又不是闲事？无论如何，我们都要深情地活下去，这是我们应对薄情世界的一种方式。

我的文学梦

一次，我到一个学校和学生交流写作。

在交流会上，一个学生问道：“老师，您上学时的梦想是什么啊？您一开始就是想做作家吗？”我微微一笑，说：“我当年读书时，最大的梦想就是考上一个好大学。这样就可以离开我生活的那个地方。因为那里既贫穷又落后，我想出去看一看外面精彩的世界。高考那年，我考上了一所好大学，能够如愿以偿。”

但是，我又说，在我高中的求学时，从来没有想过有一天我会成为一个作家。那时，只是象征性地给自己取了几个笔名。比如追梦、枫叶之类，这样一些名字现在看起来还显得幼稚无比。那时我喜欢写日记，偶尔也向报社投稿，但常常石沉大海，但是我从来没有停止写作。因为对我来说，只是因为喜欢用文字记录每一天的生活。也可能是因为内心世界比较丰富，就用文字的方式将它记录下来，写着写着就有了很多收获。

我说，我只是将自己喜欢的事情坚持到底而已。

然后，下面掌声一片。

接着我反问：“你们认为梦想是什么？”学生们给了很多答案，五花八门。我用 PPT 展示出这样一句话：梦想，就是那些在你生命里，你认为正确并为之坚持一生的东西。

将你喜欢的那些事情坚持到底，一定会有意想不到的收获。如果你能倾其一生坚持下去，一定会有很大的作为。

我回想起我这短暂的前半生所喜欢的事情：

童年时，我喜欢做一个快乐的孩子，想要做一名乡村医生。每次看着乡村医生背着带“红十字”的医药箱，心中便燃起做乡村医生的想法。这样就可以给村里的乡亲看病。这个梦想，一直在我童年的生活里。

但是，这个小小的梦想，却因为种种原因，在我成长的岁月里，变成了一段美好的记忆，想做一个乡村医生，只是童年时小小的梦想。

我没有实现它。

可能是因为天赋及长大后的我喜欢上了音乐。

在中学时期的文艺表演赛上，我得过一些奖项。音乐老师三番五次让我跟随她一起学习音乐，但是迫于昂贵的学习费用，不得不望而却步。买一台钢琴以及一些弹奏的乐器，跟随老师学习的费用等开销，对于我原本不富裕的家来说是一笔太大的负担。我只能默默喜欢着音乐，到现在，即便生活很忙碌，也会偶尔与朋友一起到 KTV 唱上几曲，重温一下当年的美好。

这么多年过去了，我依然热爱音乐，但我仍然没能在音乐方面有所建树。

……

每个人的一生里，喜欢的事情很多，但是真正有建树的却是那么少。那些喜欢的事情，如天上闪烁的星星。如果你想摘下那颗星，一直坚守在黑夜里，总有一天，它一定会在你的手中闪烁。

于我而言，我感谢生命赋予我敏锐的心灵，让我对万事万物充满喜爱和感知；我感谢上苍赐我灵动的头脑，让我可以将生活所思所想都付诸文字，呈现给那些喜欢文字的人。

想起日本诗人谷川俊太郎的诗歌《春的临终》：

我把活着喜欢过了
先睡觉吧，小鸟们
我把活着喜欢过了

因为远处有呼唤我的东西
我把悲伤喜欢过了
可以睡觉了孩子们
我把悲伤喜欢过了
……

细数一生中那些真正喜欢的事情，如果我们都能为之坚持、努力，一定会获得一种力量，这种力量足够让我们去实现我们的梦想，过自己所想要的人生。

我知道你会来，所以我等

走进楼上的二十四小时书店，我才发现外面下起了大雨。

六月南方的雨，来得很突然，雨打在楼顶的顶棚上，哗哗哗的声响，有些恐怖，仿佛全世界都被雨水淹没。我坐在书店的免费使用区，读一本书消遣，开始一篇文章的写作，然后再等待一个人的赴约。

想起有一年刚到广州不久，对亚热带的气候还不了解。那一年的五月，我被雨淋透了。于是矫情地写下："在大雨中浇透的心情，有谁能懂。"现在来看，还是十分矫情。当然，一个不习惯出门带雨具的人，总是有被淋湿的深刻的教训。

后来遇上雨就不再往雨里跑了。独自躲在办公楼下，在街道旁等雨停，可越是等，雨就越是下个不停。一次在天河路上，正准备去参加朋友的新书发布会，结果走到半途暴雨如注。我跑进一家"天美酒店"的大厅躲雨，如同一个不速之客，跑进了温柔之所。幸好，酒店的前台店员只是微微一笑，未将我赶出门。

雨水打在玻璃窗上，一股股往下流，自己的心情却异常糟糕。答应在朋友新书发布会上发言，也泡汤了。等雨下完了，一个小时也过去了，而发布会也到了尾声。那时，我看着玻璃门外的雨，等待成了一种煎熬。

现在，还好有一个书店可以避雨。

我翻开美籍华人哈金的书《等待》，外面的雨还在继续下着。记忆回到那些在大雨中奔跑的日子，等待雨停的日子。也许，我们真的不必急于一时，不如坐下来耐心等待，等一个人出现，等一场雨的落幕，让等待变成一种闲情，让等待变成一种美好。

就像沈从文说：“我知道你会来，所以我等。”

我要了一杯我最爱的摩卡咖啡。我竟然在一杯咖啡的时间里很快地读完了哈金的小说《等待》。这本小说的书名也挺有意思的，就像此刻我等待的心情。

小说写了二十世纪六七十年代，在中国东北的木基市，男主人公孔林是木基市的一名医生，在乡下有一个包办婚姻的小脚妻子淑玉的故事。她帮着他照顾父母，抚养女儿。但在城市的医院里，他却遇到了年轻的女护士吴曼娜，并且与她一见钟情，两人拥有了坚实的爱情。缘于此，孔林每年在休假的时候，都要回老家与妻子淑玉离婚。但一年过去了，孔林看见自己的妻子淑玉把家照顾得很好，把孩子和老人都照顾得无微不至，甚至对自己，也总是嘘寒问暖。出于人性的考量，孔林又于心不忍。这样一来重复等待了十七年，也没有把婚离成。后来部队上有一项规定，分床睡超过十八年，可以自动离婚，然后婚终于离了。等待了十八年，等来的是人早已苍老。

等待孔林十八年的吴曼娜，经历了太多的等待和折磨。孔林出差，被人强奸，却不敢声张。介绍对象，也都以失败告终。而十八年，就在等待中过去了。而等到在单位的结婚典礼上，已经四十岁的吴曼娜，最美好的岁月都在等待中过去了，不由号啕大哭。看到这里，我不禁落泪。

对于吴曼娜来说，等待真是太辛苦了，太不容易了。十八年终于等来了爱情的结果。等待对她来说太残忍了。但这十八年，等待一个爱着的人，等待的心，再苦也是一种幸福，一种美好。

哈金作为美籍华人，他的小说却仍能够在美国社会引起很大的反响，就在于他捕捉到了人性中既残酷，又美好的东西。

而现在，坐在二十四小时书店里，在被大雨困住的城市，等待成了一种闲情。我们的人生不就是在等待中度过的吗？幼时，等待幼稚园放学，及长等待中学的录取通知书，等风来，等雨停，等待一个人的咖啡时光……

人生永远充满了等待，如果不是很急躁的话，一定可以很美好。

这世间最美好的等待是，我知道你会来，所以我等。

无所着落的心

这个夏天，总是忧郁的，漂浮不定的。

忙了一年，终于可以闲下来。这样的心情，实在是梦寐以求、愉悦无比。一直在读村上春树的杂文集《无比芜杂的心绪》。厚厚的一本，白色的面皮，画面上是米老鼠的图案。看着书的面皮，让我想起了《挪威的森林》里的画面。这应该是村上春树最完整的一本杂文集吧，收藏了从村上春树写第一篇小说的心情，一直到真正成为一个小说家时的全部心绪。当他已经举世瞩目时，他所思的还是当初那个青涩的写文字的家伙。

那种心绪既复杂又艰辛，无以言说，却又十分珍贵。

村上春树说："世上的人终其一生，都在寻找某个宝贵的东西，然而能够找到的人不多，即使幸运地找到了，那东西也大多受到致命的损伤。但是，我们必须继续寻求。"作为备受瞩目的小说家的村上春树，已经很荣光普照了，然而他的追寻总是让人望而止步。

我是伴随着村上春树的心绪，一直在这个夏日起伏。我的心情也变得芜杂无比。似乎我是一个忧郁的人，独自在这个城市穿梭。城市人流如织，拥挤不堪，来往的人群里，没有一个是我认识的。茫茫的人海，又有谁是认识我的呢？我们总是被淹没在人海里，没有谁能够呼喊我的名字。

但，在这个南方城市，有时候，总渴望有一个人，可以邂逅；有一个，可以温暖；有一个人，可以互相问候。

然而，这拥挤人潮，终只是形同陌路。

我成为一个在这个城市游荡的人。如同没有根的浮萍，没有了根系，漂泊也注定是难免的。我怀着这种迟疑不绝的心情，走在这个城市的街道，我是一个忧郁的年轻人，在这个城市的夏日。仿佛在某一刻，突然就掉了线。

想起那本挪威阿澜·卢的《我是个年轻人，我心情不太好》里的诙谐与讽刺，还有那种玩世不恭的态度。这个年轻人，二十五岁，读着大学，某一天，他突然觉得生活毫无意义。他也掉了线。他说："年岁的增长向来牵连着一种不安。"

我们生活着，忽然一觉醒来，觉得生活也就那么回事，好像将生活看清楚了（当然大部分时间是无从看清的），这会让你越来越惶恐不安。

也许和这个夏天有关，也或者无关。

夏的炎热，带给了我烦躁不安的心情。这种不安是少有的，让我无比珍贵地回想起年轻那时。在年轻的时候，充满活力，满世界去找人玩，去打球，去游泳，去奔跑，跑得汗流浃背，还是青春满面的样子。那时候的自己，什么也不用想，有使不完的劲，用不完的精力，相信自己有一天终有一番新天地，于是心比天高，嘴角上扬。那时候总想着去远方，远方有着光荣和梦想。心里有一个远方，无论如何也不肯放弃。那时不知道，越是追寻，却越是失落。但又不得不去追寻，去寻找意义，或者寻找没有意义。

十八岁出门远行。离开故土，离开了那个小小的山村。那种兴奋是无法形容的。因为，有了一条走向城市的康庄大道。而今在遥远的他乡，在城市的纷扰与残酷的现实面前，心情总是如村上春树般，带着无比芜杂的心绪。

就像此刻，一个人躲在屋子里，不去想那满世界的灯红酒绿，不为飞涨的房价所乱心扉，也不为失落的爱情而心情低落，偏安于城市一个狭小的角落，读一本冯亦代的《龙套泪眼》。数尽风流，几人知道他的忧愁？几人知道他的痴？

他说，那年，我背井离乡去读书，但永远忘不了童年街上的黄昏，晚间路上跫音，和我那颗无所着落的心。这几句话是如此应景，正如我，这颗没有着落的心，和我那夏日的芜杂心情。又有几人知道我的忧愁，有几人识得我的痴心？

原来我也只是一个无用的书生，当然也所幸我为一个写字之人，在这个南方的城市里。也许，我还有着梦，去追寻；有着爱，去期待；有着好未来，可以期许。

即便梦已经支离破碎，即便爱已经千疮百孔，我还是会去寻找，还是会为了爱情流眼泪。也许我当真是一个忧郁的人，有着一颗忧愁的心。

而三十岁以后，这颗心变得有些许惶恐，但更多的是坚实。有太多的意义和无意义都要我们去面对，梦想已经承载不了这样的忧伤。一如远方的你，不得已都在为了生活打拼，为了生活奔命，最终羞于说出自己的理想。我和你一样，在这个城市一间十五平方米码满书籍的房屋里，还做着同样卑微而奢侈的梦，但愿我的心情，你能够懂。

爱是一切的答案

那是在纪念汪曾祺先生 90 周年诞辰活动中，中国作协主席铁凝说，纪念汪曾祺先生总让我想到：相信生活，相信爱。

如作家铁凝所说，在苦难困境中，要相信生活，相信爱；而在甜蜜与幸福中，更要相信生活，相信爱。相信生活的赐予，相信爱的力量对于这个世界的意义。这是多么铿锵有力的呼喊！相信爱的存在，生活才有了意义。不然，这样麻木不仁的生活，没有了爱，人便变成了一个空壳，存在只是形同虚设。

曾有一个心理学家在面对一个因为失恋而失去生活勇气的年轻人时，他说道：人生真正的意义，在于敢于面对生活的勇气。这种勇气，来源于对生活的自信，对爱的渴望。当一个人失败，陷入低谷时，他首先想到的不是放弃，而是勇敢面对，怀有对生活的自信，有朝一日东山再起；当一个人因为失恋而痛苦万分，寻死觅活，不相信爱情时，他首先想到的不是怨恨，不是对恋人的责怪，而应该是感谢，感谢恋人让我们学会了爱，感谢生活，它让我们在爱中历练、成长。

在今天，物质文明极度繁荣的时代，在商业浪潮席卷的洪流里，试想，有多少人成功，又有多少人失败？可生活还在继续，我们的人生也在继续。我们在极力向天空延伸，向生活索取阳光、雨露的同时，我们也要紧紧抓住脚下的这片生活的土地。

工作再忙，再累，我们还得生活。

生活再苦，再痛，我们还有爱。它将是无尽的力量，它将推动着我们一直往前走，它是我们前行的路途中永不熄灭的灯盏。

爱无尽，永没有终结。相信爱，它应该成为这个时代一句最有力的呐喊。它将唤起这个社会上人们对生活的认知和热爱。只要生活还在继续，我们的生命就没有止息，我们就有理由相信，生活着，爱着，历经沧桑。

爱是永无止息。没有任何方法可以用来接近爱，或者抓住爱，不过有时候，当你伫立路边或湖畔，凝视一棵树或一朵花。或者正在耕作的农夫，如果你内心寂静，没有陷于梦幻中，没有做白日梦，也没有疲惫不堪，而是处于深沉的寂静中，那么爱也许很快就会降临。

对生活如此，对生命也是，对爱情更如斯。无尽的爱，你会感受得到，但爱不是刻意所为，它源于自然，源于生活。

只要你有心，有意，也当你有足够幸运，爱就会降临，就在一片飘落的树叶上，或者就在远处空地上那棵傲岸独立的孤树上。

爱是一切的答案！

在薄情的世界深情地活着

十月临近，日子忽然变得短暂起来。

行走在这个城市，忽然之间，秋天就来了。它的到来有些突兀，有些猝不及防，但它就这样无声无息地来了。炎热的天气还在苟延残喘，匍匐在地上的思绪被季节的风一遍遍地驱赶，树叶也一片片被风吹落。我不得不承认，在这个秋天，我的记忆开始有些衰退。我开始忘记很多事情，遗忘的脚步那么轻。

八月的一场手术之后，我的身体远不及先前。我开始怀疑，我在慢慢地走向衰老。这一发现让我在这个九月一直惶恐不安。当一个人意识到自己在一天天变老，这件事本身就足够让人悲伤。

木心先生说：我时常悲伤地，去做一件快乐的事，悲伤是重量，我怎样也轻不起来。我们面对时间的流逝，季节的变换，生命的无常，我们有多少人又在悲伤地做着本应该快乐的事呢？如同此刻，面对九月的结尾，十月的来临，我的悲伤并没有减轻多少。

可能是因为，这一切来得太快了。季节的变换是仓促的，而年纪的增长又让人感到无所适从。我还没有学会面对这一切，包括时光的流逝和缓慢的衰老。只是我们都在这个世界上生活着，被风吹拂，被阳光照耀，和许多的人一样，生活在这个城市。如此薄凉，又如此深情，只是希望世间万物都是美好的，如你所愿的美好。

不得不承认，我不曾历尽沧桑。每个人，都曾年轻过。在二十岁左右的年纪，那时的我还是一个愣头青，敢闯敢干，走了很多地方，做了很多现在想来都不敢想的事情。读大学时，我写了很多文字，在师大中文系也备受关注。记得大四那一年的那场盛大的诗歌展览，参加展览的校园诗人有我、牟南、吴达、熊燃、雪剑，整个师大的校园宣传栏都被我们的诗歌占据，那时候我们是青春的，肆无忌惮的。

我在展览的前言里这样写道："青春，是多么辽阔无垠的饥荒。"青春光芒万丈，活得自由，无拘无束。但是很快，很快我们都走向了不同的城市。我们都成为这个世界上漂泊的孤儿，是谁在这个世界上的某个地方哭我？

现在，他们又在哪里，他们还依旧写着那些曾经不可一世的文字吗？

雪剑在重庆的江湖，依旧在文字里沉浮。近来偶有联系，也是在工作后浅淡的寒暄。但那些旧日子的感情还是照旧。还有很多人都在岁月里走失，他们去了不同的城市，各自过着自己的生活。大学毕业后回过几次师大，那时候，马丽萍还在读文艺学的研究生。一次在巴蜀中学短暂的培训之后，我去看过马丽萍。我在研究生宿舍外等她，去看过她的宿舍，和她聊一些毫无边际的跟梦想有关的东西。后来马丽萍去了北京，一去便毫无音讯。再后来，在师大见过师弟刘鲁嘉。我们坐在棕榈树下，坐在那个石凳子上，谈诗歌和梦想。文字在时光中沉淀，后来鲁嘉读完研究生之后去了《红岩》杂志社工作。前不久，他参加全国文代会的照片在微信朋友圈里发出来，那梦想还依旧未灭。而师弟牟南，还依旧留在重庆，他是重庆一中的传奇语文教师。信佛、抄经、写字、画画，花鸟虫鱼无所不能。当年他凭借过人的才华和英俊的面庞而留在了主城区这所著名的中学。我早于他一年毕业，在重庆南边的一所学校。后来，大概是我工作了三年之后，我想托牟南帮我推荐到他们学校。那时，我刚好出版了我的第一本诗集《温暖的尘世》，于是寄给他，让他帮忙向校长做一下推荐。但此事无疾而终，始终是没有下文。也可能是我自己太过羞涩、内敛，本应该毛遂自荐，但终究也没有去成，生命中有很多事情，终究是错过。

大概两年之后，我决定南下广州。这一去到现在便是八年。这八年的时间里，世殊事异，时过境迁。我在广州这座城市生活、教书、写作，过着这样平淡自知的生活。在我人生最为低迷、彷徨的时候，我也遇到很多贵人，他们在我的人生里，指引我前行，我永远不会忘记他们的恩情。值得庆幸的是，我也逐渐找到属于我自己的道路。在南方的时间里，我慢慢沉静下来，写出了大量的文字，对生活和人生有了更多的领悟。我相信，在平淡的小日子里，做自己喜欢的事，这便是一种幸福。

在此刻，也许是秋天的迫近，秋风袭人，在南方的城市的夜晚，我无端地开始怀念起来。马尔克斯说："回忆是一条没有归途的路。"而我们却一直走在这样的一条路上，那些回不去的，叫作人生，也叫作回忆。随着年岁的增大，回忆成了我们与岁月释怀的解药。

于是，在这些散淡的时光里，在整理我的文稿时，我翻到了三年前师弟牟南写给我的一封信，感动之余又引起了我的回忆。那时候我出版了散文集《因为经历，所以懂得》，收到师弟的信，因为繁杂的工作，一直都忘记了回信，实在抱歉。

他在信中这样写道——

君才兄：

我真是一个越来越懒惰的人。我想荒疏掉这个现代紧凑的生活，顺便荒疏掉那些经年难忘的记忆，甚至荒疏掉一个我，这样，是不是会更好一点？

你寄来的你的新书《因为经历，所以懂得》，就是因为我的荒疏，才从接近于废弃的邮箱里取回来。当时第一个感觉就是惭愧。兄一番美意，不想却付与此等泥胎，真是罪过、罪过！

然后又想到多年前，兄曾托我向我单位荐贤之事。当年校长说招人时间已过，你的大作也就摆在了他老人家的案头（恐怕实情应该是我始终的人微言轻）。早知如此，不如当年付之一炬，免得你的心血尸骨无存且下落不明。

对于作者来说，每一篇文章都是热血淋漓的情怀，如果不是那个懂得珍惜的有缘人，乱停乱放，也算是明珠暗投了！这是弟唯一替兄不值之处！

现在看来，兄乔迁广州，实在是命中可喜的安排。我们单位水浅，如何能养蛟龙？重庆历来天气不好，晴朗之日难一二，遑论诗心文气？今日听说，南滨路上万人围观明星拍电影，万人空巷，群蚁附膻，你待在重庆，呵呵，恐怕命运难料。

兄的散文清丽深情，自有诗家风范。昨夜煮茶夜读，可走进你一往情深的世界了。

想起 2001 年，我们在鹅岭秋游。马大姐、熊燃都在。现在想来，你南下，大姐北上，熊燃似在重庆。我们天南海北的，何时能再有那样的秋兴。那群秋塔下，灯火阑珊的少年，鲜衣怒马的！

那日登塔眺望重庆。这个要留住我一辈子的城市。我现在正在塔下山脚安居，嘉陵江还是老样子。今天傍晚还回了一趟重师，也还是老样子，那些树历历如昨（不知你刻有名字的树若何，呵呵），而我们，都该是各种版本的小说了吧！

前年我去北京看叶曼先生，中间挤出了一下午匆匆跑去见马大姐。临别了，大姐说了一句意味深长，同时也是我正想讲的话：还好，我们隔了这么几年，见面还是无话不说。我很懂大姐想说的，我默然，缓缓回答：永远都是这样的。

看见的文章，也给我这样的感动。不管千山万山，千水万水，我们都彼此存念，并一眼望穿。

兄实在是我的好榜样，笔耕不辍，用心经营。像我，这十年来只是偶尔写作并有意自残。近年来又醉心佛法、中医和古琴，玩赏风月，自娱自乐，偌大的红尘都好像跟我无关。所累还是情深，所幸亦是情深！

广州的天气该是很好的，除了偶有台风之外，多半是能见阳光了。大姐那里有雾霾，而重庆，整个还是永远沉昏的天空。近年来我复加狷狂，因为我很清楚在这个天气了，是长不出什么好花木的。

突然想起在你大学毕业那年，我做陪同你和熊燃、无达搞的诗歌四人展。你在《印记》里也写到。真是好笑，我当年竟有那么大胆量。你们三位的诗作可以算是诗的，而我，到现在来，都感到不堪回首。可如果重来，我还是要参加，因为可以因此而感到光荣，并且因为你写的，青春是“辽阔无垠的饥荒”。

你在《红岩》上写莫老师的文章我也看了。舟行稳水，自然而然。你看我那个，简直就是处处偏锋，奇招怪论。恐怕是参禅的原因，我现在文意偏枯，直到萎谢为止！

深情地活下去，或许这正是我们应对薄情世界的唯一方式。也能读出那些背井离乡的落寞来，唯愿兄文气过后风平浪静，就像你在文中借用冰心的嘴巴讲的：不要找，要等。我相信兄是有这种智慧的。文学使你从容。

重庆已经入冬了。上上周不慎又感冒一次。你写给我们文学社的贺词很好，到头来，还是找老朋友办事方便，也好随便开口。

在广州一定要珍重。我们不算是知己，可凭借文学的因缘，马大姐、熊燃、你、我，都会珍重怀恋。

北京的冬天我去过了，广州的应该很好！

牟南怀北平陵子于如是轩

如同师弟所说，我们不算是知己，但是凭借文学的因缘，有很多的事情都值得我们珍重怀念。我比牟南高一个年级，都在重庆师大“嘉陵潮”文学社，后来马丽萍退了社长之后，他接替了社长，并且“嘉陵潮”文学社也越办越好，在全国都小有名气，后来还得到北大众多教授的青睐和点评。那时我们会经常在一起活动，皆是因为文学的缘故。在重庆美丽的嘉陵江边，文学之花在时光中盛开着，如同一盏永不熄灭的希望之灯。

此刻再读师弟牟南的信，他让我想起了“那群秋塔下，灯火阑珊的少年”。

时过境迁，在南方这个城市，曾经这般飘零的悲伤，年纪增长的落寞，我们都还如此深情而真实的生活着。师弟在信中说：“偌大的红尘都好像跟我无关。所累还是情深，所幸亦是情深！”我知道他现在已经潜心信佛，一个安静的美男子，在尘世的哀伤与深情，都赋予这禅的世界，所累是情深，所幸亦是情深！他让我想到了仓央嘉措，世间的事，除了生死，哪一件又不是闲事？

无论如何，我们都要深情地活下去，这是我们应对薄情世界的一种方式。生活在半个故乡的南方，虽然有着漂泊的忧伤和时光老去的喟叹，但我们都依旧在自己的人生里深情地活着。就像在这个城市，也总有一些人在背后默默关注着我，他们为我的坚持，我的努力，我的执着所打动。对文字的执着，对工作的热情，对这一切的冰冷的世界赋予足够的热情和耐心。虽然在一天天的变老，但我们都是正当年纪的自己，都值得被温柔对待。

沈从文说：“我这一辈子走过许多地方的路，行过许多地方的桥，看过许多次数的云，喝过许多种类的酒，却只爱过一个正当年龄的人。”无论时光怎么老去，无论我们身在何方，容颜如何凋谢，都不足以阻碍我们爱上那个正当年龄的人。那个人不是沈老先生笔下的张兆和，那个人便是不同年纪，或年轻，或衰老，或正在走向衰老的我们自己。每一个年纪的自己，都如你所愿的美好。

谢谢师弟牟南，是你说，文学让我从容。我想说，广州的冬天很好，温暖干净，但愿有一天，你能来。

绿皮火车

从中学时代起，我就对绿皮火车有着极其特别的向往，总想有一天火车能够带我去往远方。但我却没有真正见过火车。只是从电视和电影里见过那一列轰鸣着冒着蒸汽的火车。从《铁道游击队》的电影里，我了解了一些关于火车的故事。于是，火车这个钢铁怪兽就成了我少年时代最神秘的一种东西。火车轮子哐当、哐当转动的声音，在少年的梦里滚动着。民谣歌手周云蓬说：“火车轮子滚动的声音，就像雷滚乐，让人身心放松，所以，火车有可能治愈人的失眠症和抑郁症。”那一列火车的声音，在失眠的夜晚滚动着，也许能够治愈回忆的阵痛。它回荡在少年时代的记忆里，时间荡尽了那些关于绿皮火车的故事。

春运的火车。这是我最早从父亲那里了解的火车。那时候父亲常年在外奔波，火车把父亲送往远方的城市，但到了春节，父亲以及同乡外出务工的人们就会挤一辆春运的绿皮火车返乡。年关将近，在大城市，火车票难买。但他们往往买不到一张座位票，只是花一百多元钱买一张无座票。春运的人流量比较大，常常是人挤人，谁的鞋给踩掉了，谁的眼镜被打碎了。更为恐怖的是，车厢内乘客太多，根本没办法上厕所。有的一泡尿憋一整天。于是，车厢内常常充斥着包括泡面、茶叶蛋、汗臭、尿骚味在内的各种味道。春运的火车，完全破坏了绿皮火车在我年少的心中的诗和远方。那时候对绿皮火车的印象真是糟糕透了。

在我家乡的后山上，有一个煤矿。那里储藏着很多煤炭，那个地方叫作茶园。但实际上，煤矿和茶园没有丝毫关系。那时候我们几个十几岁的孩子常常去茶园玩。几个孩子分别背着背篓，趁着煤矿里的工作人员休息，我们便悄悄偷一些煤炭回来做燃料，烧煤炉。那时候我们看见了那一列列装着煤炭的小火车从煤矿井下沿着轨道开出来，车斗里装着满满的煤。我们也曾去扒过那运煤炭的小火车。但那运煤的火车带给我们的是有关煤的记忆，那是来自地球内部世界几千亿年的无限的黑暗。在此，我看到的尽是我们生命的黑色废墟。

后来，我到省城读师范大学。我坐了一天一夜的轮船到达了重庆朝天门码头。我乘坐 215 路汽车到达陈家湾站，拖着行李箱走进了师范大学。后来知道，师范大学临近火车北站。那时我大概十七岁吧，一个乡下孩子终于看见了心中憧憬已久的绿皮火车。那是一个阳光灿烂的午后，我和同宿舍的同学一起走向火车北站。我们站在去往沙坪公园的那个天桥上，看见火车正从桥下轰隆隆地经过，那长长的轨道上，绿皮火车一路驶向远方。

我和舍友各买了一张站台票就进了北站。然后逃票顺便搭上了一列绿皮火车。也不知道那列火车要开往哪里。那时的火车乘客很少，火车上空荡荡的。我和舍友一起坐在那列火车的车厢里，将要去往陌生的远方，仿佛世界就是一列去往陌生旅途的列车。时间是空旷辽阔的，青春的世界里，时间在一分一秒的消磨。在火车上，既有一个十七岁孩子乘坐火车的兴奋，又有害怕列车员查票的恐惧。火车经过一个个村庄，穿过一个个桥洞，穿过隧道时，世界一片漆黑，只看见火车外面的桥灯闪烁，陌生而不知道方向。

我们坐在硬座车厢里，看着窗外的景色，相视一笑，有逃票后的窃喜，也有第一次坐火车的兴奋心情。作为一个乡下孩子，第一次乘坐火车，居然是在我十七岁的时候。火车就像一个绿皮的盒子把人们送往远方，这个绿皮盒子是如此凶猛，以至于永远不知疲倦地奔跑着。

后来火车一路向前，听广播说到了永川站。当时，因为知道高中同学在永川师范学院读书，于是我们就在永川站下了车。我只知道高中同学读的是中文系，于是在永川师范的男生宿舍里找中文系宿舍。很快地，我们就找到了高中同学。于是，这一次乘坐火车，这短暂的旅途，就在永川师院这里落脚。我们不知道火车要开往何处，但在永川站，我们找到了青春的同谋。于是我们在永川师院，白吃白喝，游山玩水。恍若古代的游侠，在江湖上游历，寻诗访友，有着非常浪漫的游侠经历。一些同学围在一起，聊中文系的那些事儿，聊文学、诗歌，聊那些让人陶醉的女孩儿，喝几瓶啤酒，也说一些漫无边际的废话，以及在傍晚来临前在永川师院的艺术楼前散发的青春荷尔蒙。我们一起在卫星湖游泳，去桃花岛、黄瓜山，一路游玩，青春世界的时间是无穷的消耗，时间的流逝毫无痛感。在卫星湖上，我想起了巩俐和孙红雷演出的电影《周渔的火车》。那一列开往远方的火车，是爱情的召唤，是内心燃烧着的熊熊火焰。电影里程青站在图书馆的阅览室的桌子上给他的女友念诗："仙湖陶醉的青瓷，在我手中，柔软得如同你的皮肤。"我总以为，卫星湖就是仙湖。那仙湖的青瓷，在我手中，柔软得如同你的皮肤，而真正柔软的，哪里是青瓷，其实就是你的皮肤，光滑、柔软、圣洁。

经历了这次陌生的出游之后，我们就常常乘坐火车去往远方的一些城市：成都、武汉、西安、兰州、北京……在二十世纪八九十年代，热爱文学的诗人们常常坐火车去往全国各地参加诗会。只要有一面之缘，以文学的名义，就可以乘坐一辆绿皮火车去往对方所在的城市。那时候人们都是很真实的，完全不会担心受骗。诗人们去往各地，完全不需要太多行李，背上背包，带上几本诗集，在火车上靠窗的位置上写诗。那时候的诗人特别浪漫，也很洒脱。当然，也很疯狂。那些文学青年们对文学和诗歌有着非常虔诚的向往和着迷，对绿皮火车有一种说不出的热爱。他们在火车上邂逅爱情，也在火车上安静地读一本诗集，那时候的诗歌真是世纪的宠儿，那时是诗歌乃至文学的黄金时代。但在2000年以后，文学逐渐被人们关注得少了。它开始边缘化。火车开始提速了。诗歌的地位也开始式微了。但还是会有我们这样一些年轻的文学狂热分子，依旧对文字着迷。来自全国的文学爱好者们，还是会坐一列绿皮火车去往远方的城市，寻求文学的慰藉和理想的碰撞。当时，最多的就是去对方所读的大学交流文学。文学青年们，依然把文学作为一种信仰。牟南、马丽萍、刘鲁嘉、雪剑等一些文学青年们，在师范大学的象牙塔里，依旧还在坚守文学的阵地。我们去和各间大学的文学青年倾谈理想，谈谈诗歌，也谈谈爱情。

我们一行人，从重庆到北京西站几乎花去了我们三天的时间。火车经过达州、襄樊、南阳，达到郑州的时候，我们已经困顿不堪。然后火车经过菏泽，我们下了火车到站台上买了几包方便面。当时的同学中，刚好有一位是菏泽人。后来我们经过清河城、衡水、肃宁，然后在第三日凌晨到达了北京西站。那一列北上的绿皮火车载着我们的青春热血和梦想，一路奔驰着，喘着粗气。迎接我们的有几个文友，另外几个是各间高校的文学狂热分子，即是文学青年。只是很遗憾的是，很多人大学毕业之后，早已放弃了文学的梦想，走上了从商、从政之路。

回想起这些为文学做梦的年纪，我们谈起了那个在嘉峪关附近卧轨自杀的海子，他死时，随身所带的书包里装着他最心爱的四本书：《新旧约全书》、梭罗的《瓦尔登湖》、海雅达尔的《孤筏重洋》和《康拉德小说选》。我们在师大的宿舍楼上，几个人坐在一张破席子上聊那个面朝大海，春暖花开的海子，我们一边喝啤酒，一边朗诵海子的诗歌：我们要做

物质的短暂情人 / 和远方的忠诚的儿子……

只是遗憾的是，那些为文学的日子，到后来只是成了我们一段浅薄的回忆。大学毕业后的我们，很多人都放弃了文学。文学似乎成为与人们现在的生活格格不入的东西，似洪水猛兽。因为它带来的只是无尽的虚无，时间的虚度，仿佛与现实的生活毫无关系。它不让人讨厌，但无论如何，也没有让人们热爱起来。以至于现在的文艺青年基本上都成了这个时代的另类。甚至成为矫揉造作，无病呻吟的代名词。像《甄嬛传》剧中人物华妃娘娘的经典台词："贱人就是矫情。"但是文学，通过那一列列奔驰的火车，一直在我的世界里奔驰着，我不敢想象，没有文字的生活，没有信仰的日子，心灵会是怎样的苍白。

几天后，我们坐火车经过西宁。在西宁站，几位同学被扒手偷了钱。乘警只是警告我们在夜晚睡觉时要将钱放在贴身的地方，不然的话，再被偷也没有办法找回来。只是还好，那时候的物质是相对廉价的，几个人买了几包方便面就凑合过去了。那时候完全没有所谓的饥饿感，只有燃烧的青春火焰。我们去往青海湖，在青海湖上，我们大声朗诵海子的那首诗歌《青海湖》：我看见你从太阳中飞来蓝色的公主 / 青海湖 / 我孤独的十指化为天空上雪白的鸟 ……

这首写于 1988 年 7 月的《青海湖》是海子后期的诗作之一。我们依然喜欢海子，依然热爱诗歌，依然渴望幸福。只是，遗憾的是，海子的头颅与他那圣洁的灵魂早就被那一列经过嘉峪关的绿皮火车给永远地带走了。我们缅怀海子，缅怀那个长发飘飘的年代，缅怀那个对酒当歌，以梦为马的年代。我们也依然相信，那个孤独的海子，那个悲伤的海子，那个"天空一无所有，为何给我安慰"的海子，火车一定带他去往了幸福的天堂，那里有一只叫作诗歌的雪白的鸟和孤独。

乘着文学之梦，一列绿皮火车带着我们去往远方的世界。远方的世界有着光荣和梦想，有着诗歌和无尽的青春。

仿佛时间荡尽了一切，而在八年前，我决定离开我生活的重庆，南下广州。那一列绿皮火车将我送往南方的世界。只是那一列缓慢的绿皮火车逐渐被动车所取代，但那一年的那列绿皮火车，将我带向潮湿的南方。

现在，我定居南方城市，我住宅的后面便是火车轨道。火车在我身后的世界轰鸣着，滚动着。那一列南下的火车将我送到这个城市，然后，我在这个城市打拼、奋斗，找到自己的去处，也慢慢适应这个城市的生活。

离乡背井的人，绿皮火车曾是我们去往外面世界的一条通道。绿皮火车渐渐消失了。取而代之的是高铁，以及呼啸而过的十几号线的城市地下铁。但我仍然怀念那一列被时光打磨，落满时光碎片的绿皮火车。如果刚好火车经过隧道、山路，或者刚好经过平原，又刚好在平原上下起了细雨，我依旧喜爱那种坐在绿皮火车上从车窗往外张望的孤独时光。火车哐当哐当地经过旅途上的每一个站点，那声音低沉而平缓。

有一段时间，我老做一些关于火车的梦。火车上拥挤不堪，肮脏无比。火车经过一个个村庄，停靠在一个个城市，我却不知道在哪个站点下车。迷惘。狂躁。不知方向。就像凯鲁亚克的小说《在路上》一样，狂热的垮掉分子迪安·莫里亚蒂以及其他几个朋友三次从美国西海岸到东海岸穿梭旅行。在完全陌生的旅途上，遇见各式各样的陌生人，然后去寻求一个全新的自我。葡萄牙诗人佩索阿说："在我们称之为生活的火车上/我们全都是别人的偶然事件/当离别的时候到来，我们全都感到抱歉。"在这陌生的旅途上，我们都好像是别人的偶然事件。这部前行的绿皮火车，叫作生活。在这称之为生活的火车上，我们遇见一些人，陌生的，熟悉的，如同偶然的事件，我们彼此道歉，然后告别。

此刻，在这个南方城市的夜晚，我依然怀念那一列曾经带我去远方的绿皮火车，怀念那些曾经虚无的青春，以及在旧日子里缓慢行走的时光。

那一列绿皮火车奔驰而去，那些过去俨然是一个辉煌却又让人羞愧的年代。当然，只要活着，就有回忆，我们无须和这个世界争辩；有时回忆，是我们和过去的和解。也只有和过去和解，我们才能走向未来，才能看清我们自己，才能负重前行。

绿皮火车从我的世界呼啸而过。

理想青年

年幼之时，老师让我们写我的理想。

那时候，虽然对理想一词还不是很了解，也懵懵懂懂知道理想就是将来自己最想做什么。于是，轻咬嘴唇，我在作业本上歪歪斜斜地写下我的理想是做一名军人，保家卫国。小学老师是一位退伍军人，高大魁梧，浓眉大眼，声音洪亮有力，不像南方人，倒像是北方人。当他看到我的作文时，我想一定是点了点头，赞叹不已。

儿时的我一直怀着这样的梦——做一名军人。这个梦在我的幼小的心灵里深深地扎根。那时的我们自制一把木枪，别在裤腰上，邻里小孩之间追来打去，都是些狠角色。那模样，那神情，俨然参加地道战里的小八路，模仿小兵张嘎的动作，可以用耀武扬威一词来形容。那是 20 世纪 80 年代一个乡村孩子的理想，那份坚定的心情，就像一位威武的士兵，庄严而神圣。

那时候，一到过年，我最渴望的就是父母给自己买一套军装。我现在还记得得到人生第一套军装的心情。

中学时代，一件深绿的军装伴随了我很久远的时光。后来，大哥如愿以偿考上军校，军装就越来越多，穿的几乎都是大哥褪色了的旧军装。又大又肥，裹在细小的身体上，其实并不那么好看，甚至有些累赘。但还是一如既往地喜欢。

那时的年龄，已经开始爱美。学生集体宿舍有一面大镜子，总是不乏臭美者的关注。有光的墙面和玻璃，也不会忘了理一理自己的头发。在那时，一首《涛声依旧》红遍大江南北，大波中分头开始流行。后来又有人开始偏分，三七分，有一种叫摩丝的劣质发胶被大家喷得香味刺鼻，头发油光可鉴。

然而那时，我爱上了音乐和语文。爱上音乐也源于《涛声依旧》。在读初二时的元旦晚会上，一个穿着朴素，甚至有些土气的小男生在全校师生面前演唱了这首歌。整个礼堂充满雷鸣般的掌声。那个小男孩受宠若惊，他只是用他面对大山歌唱的咽喉，胆战心惊地唱完了这首歌。我就是那个小男孩。渐渐有了自信，开始有了做歌星的梦。音乐老师多次要求我跟其学音乐，然而，家里经济困难，各种昂贵的音乐学习的花费，让我不得不放弃了那时理想。

于是，爱上了文字。喜欢写日记，还有那一本厚厚的带锁的笔记本。锁住的是文字，锁不住的是一颗青春年少向往外面世界的心。那时还流行一种叫笔友的事情，从报纸杂志上看到某个女孩的地址，会用美丽的信笺纸给她写信，将信笺折成一只只千纸鹤，那时，已经有一首叫《千纸鹤》的歌曲在校园里风靡一时了。

高考填志愿时，我在提前批填了军校，那时父母最希望的还是填医科大学，在父母眼里，家无钱财不为穷，身体无病才为富。然而我违背了父母的意愿，父亲的一大箱医学书无人继承衣钵。但军校落选了，我填的中文系师范专业却录取了我。从那时起，我便开始了和文字为伴的漫长旅程。

文学是一个梦，承载了太多时代的欣喜和悲伤。在大学时代便开始写诗写文，和一群文学青年一起，办诗展，搞沙龙，办杂志。也渐渐有文学作品在外面的刊物上发表。当然，那时的文学阵地便是我们一手复刊的“嘉陵潮”文学社。然而大学毕业后，我还是做了一名教师，还有零星的几位文学青年依旧在文学圈里摸爬滚打，编辑或图书出版，被他们搞得风生水起。

大学毕业我被分配在一个小城市的中学教书。在这里，我的文学梦开始有了雏形。几年后，也即是 2010 年我南下广州，在南方城市一间中学做老师。与学生为伴，陪伴学生最青春也最青涩无比的年华。业余时间写些文字，聊以慰藉那些年的时光，那些年曾有过的理想。已经过了而立之年，我们这一代 80 后也肩负起了更多的责任，我们曾经都有过同样的梦。

那梦，是我们年轻的青春对生命的执着与坚守。那梦，也是我们遥远时代的美好回忆，是我们年轻时最值得骄傲的理想，它镶嵌在那些年月里，依然璀璨夺目。

莫怀戚先生印象

惊闻莫先生去世的消息，我正好在写一篇关于大学毕业十年的纪念文章《突然十年就过去》。忽然之间，毕业十年了，物在，记忆在，先生不在了。想起先生曾在课上说，莫怀戚这三个字的意思嘛，就是永远不要怀有悲伤的情绪，但此刻，我心戚戚。

我不算是莫先生的入室弟子，只是慕名旁听过他的新闻写作课，但我也厚着脸皮叫一声先生。在他的新闻写作课上，一则新闻在他的分析之下便可鞭辟入里，诙谐幽默，也很接地气，应该说，他和常人不同。这也印证了民间对他的评价，一个怪才，价值屡被低估的小说家，作文和做人，特立独行。

印象中，莫先生有着卷曲的头发，有着文人不羁张扬的气质，老喜欢穿着半新不旧的T恤，常戴着鸭舌帽，挂着随身听，一边听音乐一边推着那辆破旧的自行车，当然，旁边一定是有着美女学生相伴的。然后莫先生从师范大学的后门，经过陈家湾便扬长而去。也正是这辆破旧的自行车，和他那身随和的装扮，总感觉他和其他的老师不同，不同在哪里，二十岁左右懵懂的我们一时还说不上来。当时，民间也有很多关于他的一些流言蜚语。一说，莫先生喜欢年轻漂亮女学生；一说，每一届都有那么一两个粉丝会如痴如醉地爱上莫先生。这也是莫先生常被人诟病之处。文人多风流，也多怪癖，莫先生也如此。多年之后来看，作为一个全国知名的作家，身边又何尝没有那么几个粉丝溺爱，这也是人之常情，无可非议。就像先生的书《白沙码头》封面上的推荐语：“看中国文坛鬼才怎样才华横流，看重庆大学教授如何色胆包天，通俗得心惊肉跳，高雅得肆无忌惮。”一方面是人民文学出版社的宣传手段，一看吸引眼球；但从另一方面，也反映了莫先生的部分肆无忌惮的豪情。在《白沙码头》这本小说里，通过小提琴手八师兄的故事，展现了嚣张的性格。长江水边，山城重庆，身为乐团首席小提琴手的八师兄，一把绝世名琴，赌玉杀仇，爱麻风女等，打捞出一段热血沸腾的重庆故事。现在来想，故事里的八师兄，多多少少都有些莫先生的影子。莫先生作为川剧团的小提琴手，多才多艺，八师兄就是莫先生的写照，爱自由，狂放不羁，就像莫先生好美酒一样，率性，奔放。当然也有可能，那些民间的流言蜚语都是对先生的误解。

在我读大三的时候，莫先生开了一门选修课叫《创作心理学》。凡中文系学子均可报读，一时之间，人满为患。有这样一个段子，某何姓男同学，因为来得较晚，四下寻望，找不到座位，于是便灵机一转，在黑板上写下“莫老师的课改在 1111 教室”，顿时全场一窝蜂往 1111 教室跑。不过，遗憾的是，这是某同学因为没有座位耍的一个卑鄙的小手段——“误传圣旨”，后来某同学被大家骂得狗血喷头。这说明了什么？只能说明莫先生的课很受欢迎，这在师范大学是无法复制的。

有幸的是，我一直听完了莫先生的《创作心理学》。还记得他讲米兰·昆德拉的《生命中不能承受之轻》里面的情怀和政治色彩，还有《好笑的爱》里的爱情。讲贝娄的小说里的矛盾冲突：有这样一对老两口，一说话就好像吵架一样，甚至动手，一辈子就这样过来了，后来有一天，老头子死了，老太婆却郁郁而终。莫先生说，这就是生活中的矛盾，你看似多么不和谐，实际上他就是一种美学，不可或缺。后来我在创作之时，受其影响，将矛盾都融入其中，后来文章《流泪的蓑衣》在《广州文艺》发表，被《散文选刊》转载之后，2012 年成为山东临沂市的中考阅读文本。这是莫先生教给我的最好的写作课，这么些年过去了，对我仍然有着很大的影响。

2005 年，我在课堂上曾讲到了先生的文章《散步》。我向学生说这是我老师写的文章，大家都带着怀疑的眼神。但当年，对这篇文章的解读我也是囫囵吞枣。而直至十年之后，莫先生去世，刚好我父亲因病住院，在医院里，我用手机再读这篇文章，才真正明白了上有老下有小的这种责任和重担，作为中坚的一代，我们应该肩负的是多么沉重，也才真正明白了“她背上的和我背上的，加起来就是整个世界”。在医院，偶尔也带着父亲在院里散步，父亲老了，我感觉走在前面的我是父亲，父亲落在后面，他好像是儿子。这才又想起莫先生的文章来。而当我从重庆漂泊到广州，再读他的文章《家园落日》之时，才知道，他这篇文章，没有漂泊过的人是永远读不懂的，后来我也受此启发写下了《落日下的故园》《火车穿行在川西土地上》。这些都得感谢莫先生，虽然我只是一个旁听生，也只是选修过他半年课的学生，但在我写作的道路上，他却真正给我以指导和激励，他是我人生永远的老师。

现在，我从书房里找出莫先生的书《白沙码头》，红色的书皮也已经泛旧了。书里的江湖，如同莫先生在重庆的江湖，都已经远去了，但愿莫先生一路走好。远在广州的我，很想将这本书再读一遍，以缅怀莫先生。但现在弥漫我的还是莫先生生前的样子，卷发，白 T 恤，自行车，以及还记得多年前他给我们上第一堂课，他走上讲台时，给我们在座学子的一个长长的飞吻。

回忆我的伯父

那个曾经在油灯下教我写方块字的人，我的伯父，说走就走了。他没有兑现我们的约定，他还是没能熬过那个隆冬。

去年十一月份的时候，伯父被检查出了癌症，据堂姐说，应该是到了胰腺癌晚期。这个消息，如同晴天霹雳。我的心里难受至极，一阵揪心的疼痛遍布全身。之前还好端端的，还经常守在电视机前看球赛的伯父怎么会突然患上癌症？我赶紧打电话给照顾伯父的堂哥。那时候伯父还能够说话，伯父断断续续地和我说了几句，他叫我的小名：“是君啊！我估计怕是不行了……”我听着他颤颤巍巍的话语，在那一刻我愣了一下，忽然不知道说什么安慰的话。我只是说：“三伯，您要保重身体，应该会好的。”我一时语塞，胡乱说了些安慰的话，然后就挂断了电话。但我没想到伯父会说这样的话，在我的记忆里，从来没有听他讲过这样没有信心的话，他总是告诉我们要好好努力工作，要有志气。

之后的两个星期，我忙于单位的工作，繁杂而琐碎的事务缠身，忙碌的工作，让我们好像忽略了原本应该好好去享受的生活。在这段时间里，忙着竞争岗位，忙着评级，我的潜意识里，伯父的病应该不会太严重，因为伯父在我的记忆中是一个非常坚强的人。但我没想到的是，伯父已经老了，更何况患上了癌症。果然，一月底一个周五的下午，我接到了我哥转告我的电话，说伯父病情危急，想要见我们一面。那时候我的心如刀割，和单位请完假，找同事帮忙在携程网买了一张回重庆的机票，直接就从单位去了机场。

那时候，伯父已经从重庆转回了县城的人民医院。医生说，伯父的病已经到了最后的期限，最多还能熬一个月。到达县城的时候大概是下午七点，我直接到了伯父的病房。雪白的病床上，躺着我的伯父，他几乎瘦成了一个骨架，我几乎认不出是我的伯父了。堂哥试图叫醒伯父，我示意他不要。我坐在病床边的椅子上，看着这个陌生的人，等着他醒来，我想起太多以前的事情来。

伯父是爷爷的干儿子，伯父的父亲去世很早，由他的母亲带大。当时在村里，我爷爷是甲长，也很关照这个干儿子。伯父后来通过读书去往了外面的世界。在20世纪的40年代，从农村走出去的文化人真是凤毛麟角。他做过专科学校的政治教员，做过省妇联的秘书，后来因为响应国家建设家乡的号召回到了忠县。先是在造纸厂做过党委书记，然后在县电力局和火电厂做过要职，这都是20世纪80年代的事情了。

后来，我在县城的一个镇上读书时，就经常出入伯父家了，那时候伯父已经退休。伯父是县城里的“一支笔”，文笔了得，但伯父却没有傲气，非常随和。他退休了也没有闲着，经常编写县里的一些资料，他常常拿一段给我修改或者是起草。有时候会和我讨论对某件事情的看法。但那时候我还是一个中学生。应该说，在无形中，伯父对我的影响是很大的。以至于后来我走上文学这条道路，能够在文学上有所建树，伯父给了我很大的帮助。他应该是我文学的启蒙老师。但在我心里，我最忘不了的是，有一年过春节，伯父从县城回到我们的村里，在黑夜里的油灯下教我写字的情景。伯父俯下身，用他的大手抓住我的小手，一笔一笔地教我写字。那个夜晚，现在又浮现在我的眼前。伯父总是教导我们要方方正正写字，堂堂正正做人。在我们的心里，伯父是一个学识渊博的知识分子。

我坐在病床前的椅子上，想到那些有关伯父的记忆，心里充满了温暖。伯父醒来时，时间大概过去了半小时。伯父看见我的第一句话是："你回来了，回来了就好。"那时候他的意识还是清醒的。然后伸出颤抖着的骨瘦如柴的手跟我握手。我紧紧握住伯父的手，但伯父的手是无力的，瘦弱的，那个曾经在我们面前坚强的伯父，现在已经到了风烛残年。我用纸巾帮他擦掉嘴里往外流的痰和涎水，我跟伯父汇报了我的一些情况，伯父认真听着，最后说了句："好啊，那就好！"然后医生就要求他休息了。

我退出了病房。透过玻璃窗，我再次看到了那个躺在床上瘦骨嶙峋的病人，他微微地闭上睡眼，那个陌生人就是我的伯父，我的眼泪一下子就流了下来。

想起很多年前，在乡村的夜晚，伯父和我们说起他的过去，说他在外奋斗和努力日子，说他走出乡村的勇气和决心。那时，我好像是一个观众，聆听着伯父那些遥远年代的往事。伯父从省妇联秘书转到了县城之后，回到了县城的造纸厂任职。伯父是一个共产党员，响应党建设家乡的号召，回到了县城。伯父写得一手好字，各种宣传标语都是出自伯父之手。因为在省妇联做过秘书，又因为伯父的才能，很快伯父就成了造纸厂的党委书记。但不久"文革"就开始了，伯父被打成了"走资派"，年轻的伯父被造反派戴上高帽子游街。那时候伯父还很年轻，看见前面戴着高帽子的人滑稽的模样，不禁笑出声，但他自己也一样被戴上了高帽子。结果，伯父的背部被造反派用枪把子打断了一根肋骨。伯父和我们讲起这段往事时，还把那个伤疤露出来给我们看。后来"文革"结束之后，因为伯父很清廉，为人正派，很快就被平反，重新走上领导岗位。但伯父一生正直，从来没有利用职务之便为家里人谋求过什么利益。

但后来有一年，父亲很伤心地说起了一件事情，让我对伯父心有余悸。当时父母还生活在乡下，因为与邻居发生矛盾，但伯父的处理意见都是偏袒别人，甚至让我父亲当众蒙羞。这件事，一直让父亲如鲠在喉，一直解不开。他在心里记恨了很多年。伯父的处理意见对我的父亲而言是有些过分了。甚至在我看来，他的做法都很糊涂。但现在想想，伯父也不是完美之人，处理不当也是情有可原的。我的父亲也放下了当时的积怨。其实，有时人心之间就差一句迟到的抱歉。

看伯父的那天，我在县城里住了一晚。

然后在天亮时，我就起身出发回到了南方的城市。回到南方之后，不到一个星期的时间，就接到电话说伯父走了。很突然，也许伯父是知道自己的期数已定，然后召唤儿女们从外面世界赶回去见一面。伯父是有先见之明的，他走得很安心。毕竟人这一生，生老病死都是不可避免的。

我不禁想起史铁生在《我与地坛》这篇文章里说的话："死是一个必然会降临的节日。"当时我的领悟也许是肤浅的，但现在面对伯父的死，我深切地体会到了史铁生的意思。人的一生，必然要面对死亡，死亡是一个必将到来的节日。伯父走得很安心，也很坦然，见到了想见的人，然后离开去往另外的世界。

但那时在病床前，我跟伯父说："您要坚持住，我过春节再回来看您！"就好像小时候，我在乡村时，盼望伯父从县城给我们带回糖果一样。伯父只是点头答应。但是伯父还是没有熬过那个冬天，那个约定他也没有遵守，然后就去了天国。

玉林西路左岸

我以为，在成都的每一条街道上，都可以遇见一个诗人。

成都就是这样一个城市，延伸开去，四川，便是诗人的发源地。

从杜甫开始，我一直把成都看作一个诗歌的领地，更是一个诗人的集散地。李白的“蜀道之难，难于上青天”让我们认识一个险峻的易守难攻的巴蜀。因为写作的原因，也常常关注时下一些诗人的作品和诗人活动。诗人翟永明的酒吧，也几乎成了诗人的活动聚集地。在这里，痛痛快快地饮上一杯，和众诗人一起，或诵读一首诗，或一醉方休。

我想走在成都的大街上，走在玉林西路的左岸。这一切我想都源于诗人翟永明和她的白夜酒吧，还有她的《白夜谭》。

《白夜谭》是翟永明一部随笔集，读起来总让人感慨。字里行间的自由和洒脱给人阅读的舒服，文字中又有独特的成都调调。她将白夜酒吧的人和事写得那么真切，有点像是和诗人们在聊天。诗人们聚在一起，喝酒、读诗，是多么幸福的事情。特别是在这个经济快速飞转的时代，诗歌早已不被人待见。

她写到李亚伟，写到何小竹，写到马原，写到……而这一切都与白夜有关，又都与诗歌有关。她是那么敏感，捕捉到了这一些人，在某一个特定时刻，他们所说的话，所做的事，有的诙谐，有的瘪怂，有的开怀，有的忧伤。

读着读着，我总将自己置身其中，仿佛在和他们一起喝酒聊天，谈天说地。然而这一切都只是一个幻梦。我想，对于一个写作者，一个诗人来说，在成都，有那么一些人，喝酒，写诗，总是一生中最幸福的事。我虽然没有参与其中，然而这份情，以诗歌的名义，却深深地感染了我。对于一个和瞿永明素昧平生的人来说，对她的白夜酒吧有了一份向往。

成都就是这样的一个地方，可以慢下来，将自己置于这种生活的节奏中。这是在全国很多城市都没有办法实现的。于是成都调调，也就成了很多人的渴求和梦想。

那么，成都究竟是一种怎样的调调?

成都诗人万夏写过这样一句诗：“成都，仅你腐朽的一面，就足够我享用一生。”也正如翟永明所说的成都的“颓废”气息。这“颓废”我总以为不是堕落，而是生活，生活不紧不慢，一杯茶里，谈天说地。一杯酒里，一个江湖。成都，是一个适合诗人聚集的地方。它的“颓废”是一种气质。

然而，真正关注翟永明是从她的《最委婉的词》开始，然后是《十四首素歌》，然后才是最近的《白夜谭》。被称为“诗妖”的她总给人温暖和感动。

就像诗人在《以白夜为坐标》里写道：“有时候，我觉得我的世界才60平方米，太小了；有时候，我觉得以白夜为坐标，我的世界大得无边无际。”我想，在成都，因为有了白夜，诗歌就多了一些璀璨，多了一些魅惑。现实的力量是那么凶猛，然而诗歌的力量却又是那么无边无际。

成都，在玉林西路的左岸，这里是诗人的集聚地，翟永明和她的白夜，给诗人们一个落脚的地方。在这里，每一条街道，大概都可以遇到一个诗人吧！我要在什么时候才可以自由地行走在这条街道上，如同一个诗人一般无所顾忌。

诗人兄弟

很久了，我还是会想起，想起那散落在生命几台上的诗篇。还有那些在生命里走过千山万水的诗人兄弟。

胡牧，写诗写文，地地道道的山城汉子。

嘉陵江和长江哺育了他，也见证了他的行走。有时候，我甚至以为嘉陵江和长江是大地上游子的眼泪，怎么流也流不尽。

2004 年 6 月，我们都大学毕业了。

我们被分配到同一县城，但在两所不同的高中教书。胡牧先是从我的一个同学那里打听到了我。那时候我的笔名叫“山子”，因为大学时期写作的原因，我在重庆大学生文学爱好者里还有一些名气，于是胡牧从我的同学那里打听到我，当时他只知道我的笔名。一问，结果我的同学小华也正好知道我的笔名，正是基于这一机缘，我们就认识了。

偶尔，我们也会谈谈诗歌，说说文章。我们都在坚持写属于自己的文字，一刻也没有停过。我也曾读过胡牧一些零散的文字，比如《难忘老渡口》，写重庆的风土人情的，发表在《重庆晚报》上。那篇文章短小，但意蕴深远，足见其文字的功底。后来，我也读过他的一些诗歌，诗歌语言很朴实，但每一首诗歌都融入了他的感悟和情怀，应该说抒情的成分较多一些。对我写的文字，他总是推崇备至，对我充满了鼓励和夸赞。

应该说，在文字这方面，我们交流还是颇多的。只是那时太年轻，写出来的作品大都无病呻吟，也没有多少见诸报端，只是出于个人的兴趣爱好罢了。弥足珍贵的是，在这个小城里，胡牧能够成为我心灵上的朋友，也实属难得。

在印象中，胡牧有一辆比较旧的自行车。

周末的时候，胡牧会骑车到我的宿舍洗澡。那时候，我工作的学校条件比他所在的学校要好。他洗完也不会留下来吃饭，然后就急急忙忙地离开了。胡牧后来也一直提起这件事情，但这件事情也算是胡牧对我的信任，把我当朋友才会这样。现在想起来，那时候我都没有请过胡牧吃一顿饭。

虽然出生、成长在城市，胡牧在生活上比较节俭，基本上不需要的东西就不会买。他衣着也非常朴实，不会在衣着上下太多的工夫。而那时的我，自以为自己的条件稍好，就大肆挥霍，不思节俭。现在想来，这一点上，没有从胡牧身上学到一丝半毫。

后来有一次，在胡牧的盛情邀请下，我到过他在重庆巴南区的家。他家在国企的家属区，他父亲是一名小学教师，他母亲是国企工人。他父母非常热情地款待了我和另外一个朋友。记得当时吃的是汤锅，热腾腾的汤锅缭绕的不是蒸汽，而是他们一家人对生活无尽的向往和热爱。

后来在胡牧的出租屋里，我也见到了他的母亲，那时候他母亲专门给他做饭，照顾他，当然这是后话，和他之后的经历有关。

我也到过胡牧工作的学校，那时候他所在的学校还是泥浆地，吃饭的食堂还是条桌，桌子上几个大窟窿。当时，学校周边比较荒凉。胡牧在食堂请我吃饭。那时候，我才知道胡牧工作条件和生活条件比我要糟糕很多。一个处在这样环境里的人，一个热爱生活和诗歌的人，要么在这样的环境中沉沦，要么在这样的环境中选择置之死地而后生。

毫无疑问，胡牧选择了后者。

后来听说他在考研究生。第一次考试失败了，胡牧打电话告诉了我。但我知道胡牧一定会再考。第二年，果然，他考上了广西民族大学的研究生。我当时真为他感到高兴，也真心地祝愿他能够走得更好，走得更远。

最后一次见到胡牧时间记不大清楚了，还是在他的那间寝室。

临别之时，我把当时自己最喜欢的一本诗集——田禾的《喊故乡》送给他。那是我们最后一次见面，这一别就是多年。胡牧研究生毕业后到重庆师范大学做了一年辅导员，后来又考上了云南大学的博士。我也于2010年南下广州。

我们偶尔会在网上问一问彼此的近况，汇报一下近期发表的作品，但胡牧发表的论文已经数不胜数了，和我写的那些小文章相比，我的文字就算雕虫小技了。

不知不觉，很多年过去了。如今，我和胡牧已经人到中年，但仍然热爱着文学。我们在各自的领域耕耘，事业上有了一些收获。胡牧如今已是一名博士后，在一所大学任教。胡牧在工作之余，偶尔还在写诗。用青春做伴，我希望胡牧一直保留那份久违的朴素情怀、诗人情怀。

无论时空怎样变化，我们都走在追寻梦想的道路上。

没有人可以一夜成名

一个人不努力，怎么可能得到自己想要的生活？

一个人也不可能一下子就成功、成名。因为，人生就是这样，很多事情是没有办法瞬间就成功，得到回报的。比如，事业、爱情等需要别人配合的事情，是很难一下子就可以实现的。不是常有人说，努力不一定有收获，不努力肯定是空想。

北京电影学院教授崔新琴女士在《开讲吧》演讲时说：“希望我们的年轻人慎重参加艺考，更不要梦想着一夜成名，这就是我今天要讲的。我知道大家对明星都充满了好奇，觉得他们是那样的光彩。一人得道，鸡犬升天。其实真的不是这么回事儿，做演员不可能一夜成名……”

那些希望通过做演员瞬间成名的年轻人，现在已经从十年前的几万人，增加到百万人。这个数据让人非常吃惊。但是，有多少人想过，演艺圈里那些成名、成家的大腕们，又经过多少的努力和奋斗？他们的背后，又经历了多少不为人知的伤痛和失败呢？

现在的很多人却恰恰忘记了这些。

社会太浮躁了，人们总是想找一条捷径，却忽视了成功背后千百次为梦想的努力和拼搏。

我想到《这一生，至少当一次傻瓜》这本书。

书里讲述了一名叫木村秋则的日本果农坚持二十年种苹果的故事。

二十年，木村的苹果成为全世界最神奇的水果。

他的苹果切成两半，放在空气中两年不腐烂，只是枯萎成水果干，专家连连摇头称不可思议。东京的法国餐厅主厨则说，用木村苹果做的料理，订位已经排到一年之后。他的苹果太好吃了，全日本人都在疯抢，“一生能吃到一次就好”。

木村秋则，他的苹果是世界上最好的苹果，瞬间享誉全球。

人们在惊呼的同时，但又有多少人知道，为了这种苹果，木村秋则却用了二十年培育。

在我的写作生涯里，几乎有十年的时间默默无闻。但努力，让我越来越幸运，让我逐渐被读者熟知，被编辑接纳，我也收获了更多意想不到的东西。又因为这些，激励我一直往前走，坚定不移地写下去。写我的生活，写我对社会、人生的认识，写内心深处对世事的看法。

对于普通的我们而言，只有努力的人生才是充实的。我们热爱生活，认真工作，越是努力，就越能找到成功的感觉。当你有一天，你感觉成功离自己越来越近，好运气就会到来。或许，某一天一觉醒来，你便能够，面朝大海，春暖花开。

我们的生活也是如此。无论胸中有多少波澜壮阔的梦想，最终都要落实到每一步的努力上，踏踏实实走好每一步，过好每一天，就会离成功越来越近。

有人说，曾经的你在远方，最好的你在路上，越努力，越幸运。

一切都有好时候

一次，去方所听台湾“优人神鼓”创办人刘若瑀关于《时间之外》的讲座。

她说，优人神鼓剧团已走过二十余年历程，三十多位团员中有学舞蹈的，有学音乐的，也有完全没学过表演的。他们之所以能够坚持下来，主要是因为心中一直有着同样的梦想。这个梦是关于舞蹈的、音乐的，还有关于人生参禅的多种元素。他们为了梦想，一直在游走和修行。

演讲完之后，主持人同样安排了问答环节。

一个怯生生的漂亮女生站起来说，她是学会计学专业的，今年大学毕业了，但她一直喜欢舞蹈，希望自己以后能做一个专业的舞蹈演员，但家里人都反对，希望她好好地做一个会计，认为舞蹈演员对于她来说很不靠谱。她接着说，她在业余舞蹈方面也获得一些奖项，但是自己也不知道在舞蹈的道路上能走多久。这个问题一直困惑着她，不知道该怎么办。

刘若瑀笑了笑说，我能理解你的心情。因为很多年前，我也曾经站在这样的人生路口，面临选择，也不知道该怎么办。不知道我做了这个选择之后，将来会发生什么，万一失败了又怎么办。

她顿了顿，眼眶里几乎闪着感动的泪水，接着说，在我最彷徨、最迷茫的那些年，我也特别希望有一个人，能够告诉我一个答案。他可以告诉我，我做这样的选择之后，会有什么样的生活，十年之后我将去哪里，我和谁结婚……但是遗憾的是，没有这样一个人，没有人给我这个答案。只要你真正明白自己想要什么样的生活，除了这样，你就不能好好生活下去，你就找到了你想要的答案。

那个女生点点头，眼里闪着泪水。她应该从中找到了答案。

现在很多二十岁左右的年轻人，都有着同样的迷茫。我们害怕选择自己想要的生活和梦想，因为不知道做出这样选择之后，未来会怎样。因为，未来永远都是未知的。谁能在你二十岁左右的年纪里，告诉你三十岁会怎样？又有谁在你三十岁的时候，告诉你这样走下去就对了？

很多人都按照父母给自己设定的轨迹一步步地走下去。大学一毕业，就去父母安排好的单位报到上班，一下子就能找到一个人恋爱、结婚，三十岁之前生一个健康聪明的孩子……

这样的生活，一辈子无忧无虑，但也淡如白水。很多人不愿过这样的生活，因为他们还追求很多自己想要的东西。但在做出选择时，我们心里总是充满了恐惧和困惑。害怕结果万一没有想象的好怎么办？经过很久才发现那种生活并不是自己想要的怎么办？

其实，在二十几岁的年纪，不要害怕别人假设的恶果，它们十有八九不会出现。恐惧和害怕，也是构成你青春的元素。你此刻恐惧、害怕，说明你还有大把的时间可以去完成你的梦想，追逐你想要的生活。

只要你真正明白了什么是自己想要的生活，想要拥有什么样的人生，想和什么样的人在一起，你就大胆地去决定。不要等到老了，再来回忆，慨叹人生本应该那样，但是那时，时间已经耗光了，你已经垂垂老矣。

年轻人的人生，有很多种可能。在凡事无绝对的人生里，你要相信，一切都会有很好的时候。

原谅一个人，是一种慈悲

年轻的时候，我们天真率直，不食人间烟火。敢爱敢恨、爱憎分明当然是年轻人的最大的好处。然而这些又有着另外的含义，那就是不懂人情世故。

年纪渐长，爱憎的界限也不再那么分明。好与坏也模糊了很多，但这不是圆滑，也不是年纪增长的坏处，它是人生的另一个阶段。喜欢和讨厌也不再那么明显，喜欢也是喜欢，讨厌也不再那么直截了当。

只是，每个人刚入社会，会走一段每个年轻人都会走的弯路。同事中，以及朋友中，有些看不顺眼的，或者意见分歧的，非得争个面红耳赤，鱼死网破不可。后来就慢慢懂得了伏尔泰的那句话：“我不赞成你的观点，但我捍卫你说话的权利。”

年轻时，哪里知道，爱恨之间原本就不必较真。人生本就如此，哪里有那么多的对和错，对错都是相对而已。

今年六月，有学生送给我一份毕业礼，我拆开来看是一支精美的蘸水钢笔。里面还有一张她亲手写的卡片，卡片上写道：“感谢您一直以来的教导，这一年以来，让您操心了。在之前，我也有不理解您，不尊重您的时候，但您一直都宽容我，支持我，非常感谢您……”卡片上还有一些表示感谢的话，我看到这张卡片，很感动。因为她理解了我的苦衷，明白了我的好，懂得了我。这个女孩是一个很有天赋的女孩，只是因为家庭的原因，出现了一些问题。但我不能放弃她，放任她，管理她是我的责任所在。当然，有时候并不在乎，别人理不理解你，理解只不过是时间问题，时间会冲淡一切，也会证明一切。

其实，对于这些年轻的孩子而言，哪有什么好与不好，只是站的角度问题，换一个立场看，每一个人都是可爱的。

这样可能是自己年纪的增长的原因，内心就越来越宽容。当然，年纪增大的另一个好处就在于能够原谅别人，宽容别人。

记得多年前在单位的食堂吃饭，大家在聊天时，有人说道把某个女性同事介绍给我，而有一个女同事却说，这个人性格不好，不适合。而当时的我就坐在她们的斜对面，其实她还不大认识我。当时旁边的人一脸尴尬，我也只好付之一笑。当然那时我看似无所谓，其实内心恨之入骨。她也许是在哪里听到别人舆论，或者也真是有着爱憎分明的性格。但是她都不认识我，从没有接触过，没有说过一句话，哪里会了解我，一个人稍微有些个性就是性格不好了。情理上，我恨她应该是理所当然的。因为她在无形中败坏了我的名声。

而现在看来，人生中要经受多少不理解和诋毁呢？不必去计较，也不必去渴求别人能够理解你。懂你的人是不必去做解释的，不懂你的人，又何必去解释呢。

我们没有必要去怨恨，能够原谅人，内心就不会那么痛苦，日子也不会那么沉重。因为恨一个人，内心的痛苦就会加码；爱一个人，内心的快乐才会增加。

木心先生在诗歌《杰克逊高地》里有这样的诗句：“不知原谅什么，诚觉世事尽可原谅。”

第六辑

向大地认领故乡

我相信，大地上的村庄永远不会消失。正如大地上的故乡，也永远不会消失，每一个渴望回乡的人都可以理直气壮地向大地认领故乡。

大地在，故乡就在，乡村也就在，乡村文明也就不会衰落。乡村文明也将在这个时代散发光彩，它是城市文明的前世今生。我们一直在大地上行走，大地是我们永恒的故乡 。

流泪的蓑衣

那件蓑衣，被我的父亲挂在老屋的土墙上。

土墙上有一截嵌入在泥里的木头，有些腐朽了，蓑衣就被挂在了土墙的木头上。蓑衣轻轻靠在土墙上，当夜晚的风吹穿过窗户，吹进老屋，蓑衣也就开始飘荡。而很长的时间里，在土墙的角落，蓑衣始终显得有些无趣和落寞。

已经很久了，蓑衣一直挂在那里，落满了灰尘与时光的碎片。它，好像被父亲遗忘了，被无情地挂在了土墙上。于是，蓑衣开始在一个下雨的夜里流泪了，它开始回忆起自己辉煌而又辛苦的一生。

它想，那应该是在很久远年代的一个雨天，有一个放牧的男子，披蓑戴笠地走进了江南的细雨，或许是要去见一个向往已久的女子。而在唐朝风雨里，有一个诗人吟唱着这样的词句："青箬笠，绿蓑衣，斜风细雨不须归。"蓑衣想到自己的前生，心里一阵喜悦。但它更愿意回忆的是和我父亲相依为命的苦涩的日子。

那时候，在农村，在春三月的细雨里，父亲牵着牛，戴着斗笠，披着蓑衣行走在田埂上。或者，父亲在冬水田里，赶着牛犁田。或者，在稻田里插秧，蓑衣紧紧地贴着父亲的脊背。蓑衣被冷漠了一个冬天，终于感受到了来自我父亲的温暖。于是感动的泪水顺着蓑衣流了下来，滴落在冬水田里。

多少个这样的雨天，蓑衣紧贴着我父亲的脊背，行走在田间地头。可以说，在农村，看见了蓑衣，就好像看见了辛苦劳作的父亲。蓑衣被雨水冲刷，棕榈的颜色渐渐褪却，它是农忙时劳动的功臣。农忙之后，蓑衣，又被父亲挂在了老屋的土墙上。

蓑衣想着这些昔日的事情，想着那些苦涩的日子，蓑衣躲在老屋的角落哭了。顺着土墙，有蓑衣哭泣的泪痕。但是，它万万没想到的是，我的父亲把它永远地挂在了乡下老屋的土墙上。

生活在乡下的父亲，终于被说服到城里和我们一起生活。父亲是在一个雨天离开乡村的，离开的时候，蓑衣高兴极了，以为父亲会和往日一样披上它，穿梭在细雨之中。但它失望了，它一直躲在那个角落，默默地等待我的父亲。

一转眼，父亲到城里已经生活了六年。那年回到乡下修缮老屋，才又看到父亲的蓑衣，像一件精致的蝴蝶标本，挂在土墙上，落满了厚厚的灰尘。这让我想起父亲披着蓑衣，在田间地头里辛勤劳作的日子。让我想起，父亲披着蓑衣，赶着牛从乡村的土路上回家的日子。让我想起，饭熟之后，在山坡上呼喊父亲，寻找那披着蓑衣的身影的日子。

但是，那件蓑衣，已经被父亲永远挂在了老屋的土墙上。但我相信，父亲在每一个雨天，都会想起那些乡村的日子，想起那挂在土墙上默默流泪的蓑衣。

（此文曾被选为 2012 年山东省临沂市中考阅读题）

黄 昏

白昼暗下去的薄暮时分，一切都是寂静的。我喜欢静默在黄昏里的事物。寂静的黄昏，暮色苍茫，总给人诗意的畅想。“夕阳无限好，只是近黄昏”，在古人的诗句里，黄昏给人一种忧愁和诗意，那种愁是淡淡的，那种诗意仿佛是对时间和生命的领悟。在黄昏时分，万物安静下来之时，我们才能听见那些来自心灵世界的细微的声音。那些声音总是潜藏在我们内心深处。

万物有灵，我们身在其中。我们都在暮色里停留，只是，很快，我们就被黑夜淹没。除却了这一天生活的繁杂，和那些来自白昼漫无边际的喧嚣，在暮色里，一个人独自走在城市回家的路上，黄昏的诗意却又如此难寻。

城市的黄昏却是短暂的。有时，我们甚至感受不到城市的黄昏，时间就直接从下午进入了黑夜。城市华灯初上，繁华的夜景中，黄昏似乎已经被人们忽视了。黄昏被城市的灯火遮蔽，被吵闹的市声所淹没，于是黄昏这个名词渐渐被人们所淡忘。有时，当一个人和你无意间说起“黄昏”一词，你会感觉很矫情。那是因为人们的内心早已失却了黄昏的诗意，失却了那份在暮色里回家的惬意，也就是失去了黄昏。

而那份黄昏的诗意我们又去哪里寻觅呢？黄昏之所以能够在古人的诗句里反复出现，我想黄昏一定是有某种特质，它是适合抒情的，我认为它是时间缓慢的哲学。

于是，我想起很多年前乡村的黄昏。乡村的黄昏总是缓慢的。太阳从远处的山头隐没，而你看着黄昏从远处偷渡而来，那黑衣般的夜色来得也慢。庄稼地里太阳的影子一寸一寸地从大地上逃离。人们在大地上燃起袅袅炊烟，这时候恰好有黄昏夕照，那炊烟像乡村大地上的一行行抒情诗。

是的，乡村的黄昏又是闲散而安静的。一头牛在收割后的稻田里放牧，轻甩着尾巴，被夕阳镀上一层古铜色。在夕照之下，回家的乡里人，听着乡村的虫鸣声，吹着口哨，扛着锄头，在回家的路上，忘记了这一天劳作的艰辛。那些乡下的汉子，坐在老屋的门槛上，吸一袋旱烟，然后在一声咳嗽里，黄昏就消散了，取而代之的是乡村寂静的长夜。

后来，我离开了乡村去世界上各处行走，看过各处的黄昏和落日，也看过各处的黎明和日出。一个人在世界上游走，那一片黄昏是诗，是远方；那一片黄昏是孤独，也是寂寞；那一片黄昏是年华，也是倒影。有一年，我在敦煌的大漠上行走，天暗下去，黄昏来时，天地玄黄，万物为刍狗。那一片暮色也在大漠上游走，风从我耳边吹过，那黄昏带给我的是如此的震撼，仿佛这世界被一片金色包围，我只是天地之间一粒被风吹散的沙子。那是迄今为止我见过的最美的黄昏，那是一种辽阔的生命壮美。

现在，在我三十多年的行走生涯里，真正带给我宁静和惬意，让我可以放下一切的，还是乡村的黄昏，还是故乡大地、田园上空的黄昏。它安详、寂静、纯粹，没有任何杂质，不管世界如何变迁，社会发展如何快速，它都周而复始，从古老的山梁上缓慢地落下去，我以为它是唐朝诗人王维的一首山水田园诗，给在外游走的人们心灵的安慰。

是的，黄昏总是美好的。朱光潜先生说：“慢慢走，欣赏啊！”面对这世间种种，我宁愿自己是缓慢的。

就像黄昏，对我来说，它既是梦，又是归途。

乡村的夜

有一种说不清的理由，我对乡村的夜有着特别复杂的情感。

乡村的夜，静谧、安详。我喜欢静坐在夜里，四周一片黑暗，只剩下黑暗中的眼睛，看流萤在夜空闪烁，也夹杂着些许风声，蟋蟀弹奏着温柔的曲子。那是在很多年之后，我再次回到乡村时，最乐此不疲的事情。独自一人坐在乡村的夜里，静静地想一些事情，想自己的出生和来处，想这些年走过的路、经历的事。或者什么也不想，只听这夜的留声，听风吹草低的叹息，以及这静夜里一切沉睡，或者苏醒着的事物。我渐渐湮没于乡村的夜，成为这个乡村夜晚的一部分。

多少次，在城市的路灯下，街灯闪烁。我独自行走，汽车呼啸而过。但有那么一刻，我以为自己是走在乡村的夜里。闪烁的街灯是夜里的流萤，柏油马路恍若乡村土路。我想我一定是精神有些恍惚了，我以为我还是那个行走在乡村黑夜里的十二岁的少年。

我想那时是十二岁吧，或者更小。我提着油灯，独自一人走在乡村的夜里。我要到二里外的堰口村找赤脚医生谭医生，因为妈妈病了，病得很重。四周黑黢黢的，山脊顺着土路延伸而去，似怪兽般令人生怕。走在土路上，风从耳边吹过，呼呼作响，真害怕哪里会突然蹿出一只鬼来，似聊斋里的狐仙，让人心惊胆战。我一手护着油灯，不让风给吹灭，但这冬天的风冷飕飕的，似刀片般刮过脸颊。另一只手紧握着拳头，掐灭这心里的胆怯念头。到堰口村的路，要翻过一座山，经过几道田埂，走过一片树林。年少的我走在路上，被黑夜席卷，落入黑夜无边的静谧和恐惧中。

就在那一刻，我被黑夜淹没。我看见黑夜从山那边缓慢笼罩下来，那黑色的山脊像怪兽般恐怖万分。一个人走在这乡村的夜里，一切的事物都安静下去了，偶尔听到蛐蛐的叫声。我的油灯闪烁着，前面的路茫茫的一片，见不到光点，我只知道路的那头是谭医生的家。

但我不敢放慢脚步，因为，有一个信念在催促着我，妈妈病了，我要去找医生给妈妈看病。这是一个怎样的念头啊，一个不满十二岁的孩子，在这暗夜里，要鼓足多大的勇气才可以抵抗这无边的黑暗和恐惧。在田埂上行走的时候，几次差点掉进水田里，灯好几次被风吹灭，我得重新用火柴将灯点燃。在灯熄灭的那一刻，我冒出了一身冷汗，被黑夜吞噬。我将煤油灯重新点燃，继续前行，所有的恐惧都抛诸脑后。我只剩下一个念头了：妈妈病了，我要找医生给妈妈看病。我仿佛变成了另外一个人一般，我不是十二岁，我长成了一个顶天立地的男子汉了。

敲响谭医生的门时，已经是深夜了。谭医生去给村里的农民看病了，还没有回来。直到谭医生回来，一颗悬在心里的石头才落到地上。跟谭医生说明了来意，便和谭医生一起往我家赶。如果说去的路上充满着胆战心惊，那么回来的路上，又充满着急切与担忧。害怕路太远了，妈妈病得更严重了。

不管怎样，终究是请来了谭医生。他给妈妈开了一些药，打了止痛剂，妈妈的病情才得到了缓解。那时候，在黑夜里，妈妈显得多么孱弱，妈妈用她粗糙的手抚摸着我的头，什么也没有说，或者又说了什么。而我，看着妈妈疼痛，躺在床上病恹恹的样子，我的眼泪簌簌地流了下来。

妈妈伸出她颤抖的手，帮我擦干了眼泪，妈妈忍着疼痛说道：“儿子不哭，妈没事。”妈妈的手划过我脸颊的一刹那，又一股泪水流了下来。

是啊，不管生活有多么苦涩，妈妈都不会说一个苦字，妈妈总是说没事，自己在暗地里流眼泪。妈妈总是说熬一熬就过去了，从不把那些生活的苦传递给她的儿子。

时间已经过去很多年了，我似乎已经忘记了。但我记得那个乡村的夜，我是那个在乡村漫无边际的黑夜里行走的少年。于是，从那时起，我再也不怕黑夜了。不管夜有多么黑暗，不管路有多么漫长。

夜晚从四面八方赶来，将村子包围，将万事万物淹没。我以为只不过是大地穿上了一件黑色的睡袍。后来再大一些，便会和儿时的伙伴们去另一个村看乡村电影，拿着火把，在乡村的黑夜行走。同样是冬天的夜晚，这一次，却显得那么趣味悠远。再后来，要到镇上去读中学了，要坐那一辆早班车，得早早地起床，天还没有亮，妈妈送我到车站，在黑夜里，妈妈挥挥手，送我远行。

而今的我，在城市生活，仍然保持着对黑夜偏执的热爱。

我喜欢在静夜里，读一本书，读托尔斯泰，读沈从文，我将那些细密而温暖的感受都付诸文字，将那些黑夜都写进了我生命的诗行。沈从文说，我读一本小书同时又读一本大书。我想，作为一个写作者，在黑夜里，我所领悟到的，尽被收入这本书里，那里有我的童年，有我年少的记忆，每一份记忆里，都有妈妈的疼痛与幸福。

是啊，黑夜无时无刻不在编织着我生命的纹路，为了生活，我得早出晚归，黑夜也是我生命的依止。

但更多的时候，我喜欢待在乡村。在乡村的夜里，我感觉我才是真正的我。乡村的夜，让我找到自己，让我在不论多么浮躁与喧嚣的世界里能够安静下来，能够清理自己，照见自己的内心。

甚至，我固执地以为，不管我走多远，也走不出乡村漫无边际的黑夜。不管我在哪儿，我都是那个在黑夜里行走的朴实、善良的乡村孩子，每一步都是走在回家的路上。

（此文曾被选为 2013 年厦门市初三语文模拟考试阅读题）

草木之心

行走在天地间，我所认识的草木甚少。

有时见到一些花朵或者植物，往往会问身边的朋友，这是什么花什么植物。天地间的草木众多，无数的草木中，说得出名字的真是太少了。大地一片葱绿，这个星球上，一定是充满着草木之色的。

这些年在南方，除了认识的木棉、杧果树、玉兰、悬铃木等，绝大多数的草木都是在乡间认识的。乡间的草木，往往带着故土消息。回想起这些草木，倍感亲切，它们仿佛是来自远方亲人的问候。那田间的麦子、水稻，那在房前屋后的桃树、杏树、李树，那遗落在大地上的车前草、马齿苋、夏枯草、柴胡，还有那山间的灯笼草、鱼腥草……

这些来自乡间的草木，清晰地呈现在眼前。那一片山间的原野上，到处都生长着我的草木兄弟。即便记忆经历多年，荒芜的乡村，那些草木依旧在我的记忆深处招摇。

一个乡村少年，在乡村的大地上，被草木的气息滋养。在天地间，少年打着赤脚，踩在那一丛野草上，闻着青草的气息，那气息也可能是天地间最难得的营养。但我们却从未曾真正了解这些乡间的草木。我们用镰刀割掉那一丛青草，用柴刀砍掉那一棵挺拔的香樟木，却从未顾及过这些草木是否会疼痛。也许那砍掉的伤口流出的树浆，便是草木的眼泪。

想起李汉荣先生的文字："我一直觉得自己愧对自然和草木，自然不计较成本地养育我，草木粉身碎骨地帮助我，可是我们对自然缺少尊敬，更谈不上回报。在大街上行走，别人给你让个路，人家只是侧了侧身子，你都要连声道谢。自然时时养我，草木时时帮我，我何曾说过一声谢谢，何曾有过报答？"我们只是从自然中索取，却从未报答过草木之恩。不得不说的是，草木滋养了我们，我们的心灵深处，一定有着草木的气息。

对于一个在乡村长大的人来说，即便经过了很多年，那气息永远也抹不去。它有时成了我们体味的一部分。那一种味道，它来自山间，来自田地，它是熟悉的，普通的，更是朴素的，无须言说的，不必修剪，也不必时刻化妆。

但是，长期的城市生活里，那种味道却越来越淡。城市里，许多草木都很陌生，如果不是那钉在树上的标签，很难认识这些长在城市里的草木。那些名字多数叫不出来。但我相信，草木也一定有一种被大家认识的愿望。

诗人席慕蓉说："在你身后落了一地的，那不是花瓣，是我凋零的心。"我想，草木的心里也许都住着一个埋藏很深的盼望和念想。

但我们毕竟是不了解草木的。

我的所思所想无外乎都是来自我内心的猜想和感触，对草木的热爱中更多了对草木的思念。

只是，生于乡间的我，在这喧嚣的世上生活，无论日子变得多么幸福，抑或是多么平凡，我都希望自己的身上依旧能够多一些草木性情，多一点草木之心。我以为，它是我行走在这天地间的一种最朴素，又最可贵的东西，它是一抹亮丽的心灵原色。

村庄的语言

我曾在一个深夜，怀疑过两株互相致意的稻子，它们在深夜里交谈理想和爱情，它们互相交出对方。风吹来时，夜晚有些寒冷，稻子随着风在摇摆，风不懂得稻子的语言。风只是从稻子上轻轻吹过。被风吹拂过的事物，在秋天漫长时间里开始变得饱满、成熟。

风在这个村庄肆意走动。它所经过之处，庄稼们都对它俯首帖耳。也有可能，风是村庄流动的风景，风在，村庄就是灵动的，有了灵魂，不至于孤苦伶仃。在某一个惬意的黄昏，风遇到了一道颓败锈蚀的土墙，被撞了一个趔趄。那土墙上锈蚀的痕迹，大概是风印在墙上的疼。风就这样走进了院子，将院门口那扇已经腐朽不堪的木头门吹得哐当作响。

风吹进来，鸡和鸭们开始扑腾着回巢，守在院门口的黄狗旺旺地吠个不停。邻家二婶坐在木制的门槛上，打了一个喷嚏，她长时间地坐在那里，透过破败的院门看见远方的山峦。她自言自语，狠狠地骂那个没有良心的人，一年半载也不来一封信。风把她的忧伤吹得到处都是，风将村子里人们的秘密也吹得到处都是，院子里人们的语言被风吹往陌生的远处，有疾病的疼痛，有相思之苦，有一个老人坐在老槐树下苍老的叹息。风正是在这时候潜入了村庄，有了风，村庄就是活的，有了风，村庄就有了自己的语言，那语言总是那么理直气壮。

村庄里的人们说着土得掉渣的方言。在月夜里，坐在院子里，他们张家长李家短，有一句没一句地，他们的语言都是俚俗的，带有庄稼的潦草和泥土的腥味。孩子们在院子里跑来跑去，数星星。老人们摇着蒲扇，说着记忆里的故事，有的让人捧腹，有的让人伤心落泪。劳作一天的人们，听着那些故事，一天的疲惫也就随风淡去。这样的夜晚，总是带着惬意和轻松，人们在院子里乘凉，月亮挂在静谧的天空之上。

夜深了，风还在和这个村庄纠缠不清。风声里，大人们浑圆的鼾声和夜里孩子们的梦话一并被风吹散。庄稼地里的禾苗们交谈着自己的命运，已经是秋天了，它们试图紧紧地抱在一起，风簌簌地吹来，叶子和叶子互相致意，它们说着离别的誓言，它们都将等着农人的镰刀把它们收割。然而，很多时候，那一棵棵金黄的稻子，都被送往了遥远的城市的粮仓。

和稻子一样，不知道什么时候起，人们也乘着月色渐渐地离开了这个村庄，去往了陌生的城市。村庄已经承载不了他们的理想。

他们在城市里打工，做苦力，他们在脚手架上用钢筋和水泥修建这个陌生的城市。他们处在城市的最底层，在脏乱不堪的工地上吃五块钱的盒饭。年轻的妻子们在这个城市做散工，有的做清洁工，有的做洗脚妹……在高速运转的城市里，他们说着那个村庄的语言，土得掉渣，城里的人们总是传来异样的目光。他们把孩子留在了乡下，把老人留在了那个村庄里，回去的路总是那么漫长。有一天，同乡告诉我，二婶的男人从二十层的脚手架上掉下来，他再也找不到回乡的路。在这个城市里，有多少像二叔这样的人，壮年时离开村庄，却在相对老去的年纪里把生命献给了这个日新月异的城市。他们说的话是村庄的方言，他们虽然很卑微，常被人瞧不起，但无疑他们又是崇高的。如同村庄里土得掉渣的方言，它是俚俗的，土里土气的，但每一种方言里，都有那个遥远的村庄的气息，每一种方言里，都住着一个精神的故乡。

有时我想，人们离开了村庄，有没有想过有一天还会回去？

有一天，当我从城市回到久违的村庄省亲，忽然发现村庄已经破败不堪了。院门前的木门已经被风蚀得厉害，已经严重腐掉了，朽掉的木头掉了一地的残屑。院门口到处都是杂乱的稻草，已经再也没有人来拾掇。坐在门槛上的二婶好像在门槛上坐了几十年，她已经老得不成样子了。她看见我出现在这个院子里时，有些惊讶，耷拉的眼睛挤出一丝光亮，她只是淡淡地说了句："什么时候回来的？"她似乎已经记不得我了。也有可能是因为二叔的事故让二婶丧失了生活的意义。村庄里只剩下老五叔和几位年事已高的老人，他们都太老了，也都太瘦弱了。还有几个营养不良的孩子在泥地上滚爬。

风吹来，院子里残留的稻壳肆意飞扬，不远处的几根稻草被风吹远。我感觉一阵的寒冷，冷飕飕的，我的手心里却渗出了汗。在十月的天气里，村庄已经好像到了暮年。风吹来，村庄里窸窸窣窣的声音，似乎是一声衰弱的叹息。风过之处，村庄一片衰败的痕迹，十月的村庄，如同留守在村庄里风烛残年的老人。

村庄的语言已经暗淡了下去，也不再理直气壮。风吹在那段千疮百孔、已经坍塌的土墙上，有些无力和孤单。村庄老了，村庄的语言也沧桑了。村庄的语言只剩下了老人的咳嗽和留守儿童无力的哭喊。

村庄的月亮也变得如此孤单，那些月光下激动人心而又朴实无华的故事再也无人提起。我站在十月村庄的大地上，有些不知所措。我似乎找不到一个词语，来描绘这个曾经年轻的村庄，以至于面对这一切，我的内心深处竟是如此苍白。

（此文曾被选为四川省泸州市2021届高二语文期末考题）

秋日黄昏

我一直觉得最美的景致莫过于乡村秋日的黄昏。太阳从遥远的山头慢慢落入远方的地平线，乡村大地上秋收的人们还在忙碌地劳作。而秋收后的大地上，谷物堆满了粮仓，鸟儿们在秋收后的稻田上觅食。黄昏就是在那时偷渡到乡村的旷野的。大地上一片辽阔，黄昏静静地越过山头，它遇见了稻田里那几棵失落的稻子，它随着鸟儿在大地上飞翔，它在村庄后面的山林里起伏，然后慢慢地潜入了村庄，扣响了夜晚的门扉。

黄昏越境，它在大地上一点一点地涂抹。大地上那些熟透了的稻子在黄昏之下显得异常的饱满，一片金黄的秋色。黄昏将农人的背影，镀上一层金黄。那些原野上的草，在黄昏到来之前还是一片青色，黄昏慢慢给它染上了枯草的黄，青黄不接的黄，草一下子就变得衰老了。那些点头的高粱还在晚风的吹拂下摇晃着脑袋，黄昏将它们都变成了乡村的斗士，它们在大地上显得高大威武，整装待发，仿佛要奔赴一场战斗。

收割后的田野显得更加安详而宁静。这个时候，田野是沉默寡言的。夕照之下，田野显得有些孤独和落寞。往昔繁荣的景象不再，热闹是别人的。它就独自守望在黄昏之下安静的乡村大地上，稻草人还立在田野里，它好像变得更加诗意了，它坚持了一个季节的守望，随着秋日黄昏的来临，稻草人在秋收后的大地上有些孤独和落寞，逐渐被人们淡忘。

但你有没有留意那些在乡村的黄昏赶着回家的人们。他们从田间地头走向村庄。有的扛着锄头，手里拿着镰刀。有的赶着牛走在回家的路上，牛也缓慢地走着，在路上仿佛思考着什么。乡村的大地上在黄昏时燃起了炊烟，母亲召唤孩子们回家吃饭。村庄外面的小河静静地流淌，河对岸是几只绕树飞翔的鸟，偶尔发出细长的鸣叫声。村庄静静地伫立在乡村大地上，村庄里的老人坐在自家门前，神态安详自若，慈祥而宁静。

乡村的大地如同画家笔下的一幅秋日黄昏的油画。这温暖的画面总给人诗意和想象。乡村的黄昏是美好的，又是落寞的；乡村的黄昏是安静的，又是动态的。乡村的黄昏带着农人糊涂的醉意，伴随着村子周围那一声声或急或缓的鸟鸣。

渐渐地，鸟儿归巢。人们也回到了村庄。黄昏从大地潜入小小的村子，变成了在屋子里闪烁着的一盏油灯。农人们在院子里乘凉，黄昏带给人们的总是那么惬意，令人向往。

而城市里是没有黄昏的。

这无疑让人们感到悲伤。人们走出高档写字楼，或者从机关大院走出来，那时候城市的路灯已经燃起。人们拖着疲惫的身体回到家，在白炽灯下读一份晚报，或者用手机刷刷微信朋友圈。四季的变化，除了温度和衣着的变化之外，人们往往忽略了黄昏这回事，城市的黄昏呢？城市的黄昏偷渡到哪里去了呢？

是的，你生活的城市是没有黄昏的。就算有，也只是诗人们的无病呻吟。当你坐公交车或者搭乘地铁回家，被拥挤的人群搞得有些心烦，思绪瞬间拥堵。走在柏油马路上，嗅不到泥土的气息，而传来一阵汽车尾气的气浪。回到家时，饭桌上家人做好了饭菜，但这一天的生活总缺少了点什么。

你走得太快了，甚至都忘记了城市上面的天空，还有一轮泛着毛边的月亮，那月亮曾经带给我们那么多诗意和美好的想象。

故园无此声

夜晚在无声无息中逝去。在昏暗的灯光下，我独坐无眠。

耽于这朦胧的夜色和城市喧嚣之后的片刻宁静。多少个时光耗去的夜，独自的心情被黑夜渐渐淹没。彷徨的少年心情与回忆的灰烬纠缠。独在他乡，日暮客愁，心灵无所依止。离开故园独自在城市漂泊的日子，有青春彷徨的苦，也有人生不能随遇的惑。

此时，夜已深。风吹来时，我感到异常寒冷。敝衣薄衫，抵挡不住倒春的寒气。风吹打在窗子上，发出呜呜的声响，好像远方的人要来借宿一夜。我想，应该是故乡的某个旧相识吧。

一个人坐在窗前，看着城市繁华之后的街，灯火依旧通明。但只有在夜晚一切尘埃落定之后，世间的一切喧嚣才终归于平静。一个人在城市的夜晚，总是适合想念的。或者，想念某个春天，在某个山谷，花儿开放或者衰败。想念故地的山水，故园的旧声，想念一座城镇。想念某个时间里，无端走进你生命的人。想念故土的味道和山水田园的青草气息。 但，被无涯的荒草湮没。这样的想念总是无声的，也是危险的。无声在于一个人默默地完成这种回忆；而危险则是记忆让人无所适从。

时间在夜里流逝。它终将是漫长而又短暂的，让人欣喜过，让人哭泣过，让人绝望过。时间这个无情的杀手，残酷而冷漠，将记忆毁坏，将故园封存。有时，记忆又如同杂草，在夜晚无端疯长。时间，又让人充满希望和信心。

在这个世界上，夜与昼不停交替。我总以为，夜晚是属于孤独的人的。特别是对于一个远离故乡的人，乡愁在夜晚疯长，以至于湮没了世上所有的声音。一张铺开的白纸上落满时间的碎片，落满思念，也落满乡愁……风翻开旧纸片，在黑夜里变奏着情绪，思绪孤独地天马行空。相思成灾，让这个夜晚也随之孤独起来。

在日渐模糊的回忆中，我想烧掉所有的记忆。从此，镶嵌在少年时代的梦就透明了很多。或者，等到明日清晨，我想丢掉所有的包袱。我的脚步也许就轻盈了很多。但我依然要在这个城市负重前行。在黎明到来之时，在这个城市的生活又开始忙碌起来，我们都曾是远离故园的孤独的行路人。

只是还好，故园在记忆深处，它是我们心中一个温柔的地方。

有人说，往事是一次永远无法完成的施暴。有很多回忆，我们永远是回不去的。但我们却在回忆中深情而孤独地活着。

卡夫卡说：尽管人群拥挤，每个人都是沉默的，孤独的。孤独地离开故土，独自远行，去往远方，去往城市，然后在这个世界上独自老去，去往永远的温柔之乡。

而那些独自在黑夜里醒着的人们，总会听到窸窣的夜声。那是夜的告白，还是故园的旧声？那些声音，在心灵深处回荡，如同儿时的记忆在身体里汹涌。

乡心未眠，我想起纳兰性德的词来：“山一程，水一程，身向榆关那畔行，夜深千帐灯。风一更，雪一更，聒碎乡心梦不成，故园无此声。”

故园无此声，我独自坐在这个城市的夜晚，时间在眼前不停奔流。

南国的秋

十月，这个城市的天气慢慢转凉。

穿着秋天的单衣，站在这个城市边上。我就是在这样的时刻，开始喜欢上这片秋天的湖水的。也是这样的时刻切入这个城市的心情。

独自在湖边，沿着蜿蜒的小道走上几圈，什么也不用想，将自己彻底掏空。偶尔，也会邂逅几位熟人，也只是点头微笑一下，不必嘘寒问暖。在我或急或缓的步调里，湖水还是那么静谧如故，天气却一天凉比一天，湖上的荷花逐渐褪去颜色，只余残荷点点。我知道，南国的秋天已经来了。

南国的秋天从遥远的北方来，从一阵略显悲愁的秋风里循声而来。它从一片叶子昏黄的纹路里赶来，从这个城市人们急促的脚步里赶来。它带着独有的城市心情，和这片湖水相约的。

但是，这南国的秋来得有些晚。却丝毫也没有减轻我对它的热爱。是有些晚了，从人们迟疑的眼神里，可以得知。是有些晚了，人们已经有些迫不及待了。

树叶仿佛在一夜之间，开始簌簌地掉落。这是大地对秋的到来的迎接仪式吗？南国的秋真的太晚了，树叶绿了又黄，叶子以飘落的方式，匍匐在地，对秋天顶礼膜拜。

南国的秋总是那么多情。它一到来便在这一片湖水里安营扎寨了。它一到来便恋上了这一片湖水了。它点染在湖边这一树一树的叶子上，那掉落的，便落下这一串串银铃般的陈年旧事。它们一一被这一片湖水所接纳，收藏。每一片树叶，都是秋天多情的证据。每一个秋声虫鸣的夜，都是秋天多情的领地。

我也是在这样的时候爱上这个城市。慢慢地爱上这个城市的秋天，南国的秋天。在一个人孤寂的时光，在湖边散步，将那些生活的烦恼都抛诸脑后。每一年的秋天，我都会沿着湖水散步。或疾走，或漫步。爱上一个城市，必定会爱上一个城市的季节。爱上一个城市，必然会爱上这个城市的秋天。

南国的秋多么适合一个人漫步。

在路途上，我看见一片树叶落下来，看见更多的叶子落下来。它们在我眼前飘舞，好像有什么故事要诉说，有那么多，难以言表的心情。那里面，一定有一个人浓得化不开的乡愁和思念。一定有一个故事，和这个季节有关。

在昏黄迷离的灯光下，南国的秋更有情致。

西关大屋，红灯笼，小雕窗。小桥流水，晚风凉亭，龙舟划艇。这些独有的南方西关风情、岭南水乡色彩，让这个城市的秋天，更多了一份色彩。 偶尔会与一腔粤剧相遇。凉风习习，唱戏的人站在舞台上，一曲粤剧，铿锵有力，哀婉动人。那曲调一经唱出，便抓住每一个秋天的行人的心情。

在戏里，我仿佛是一个戏子，在别人的故事里，流着自己的眼泪。这片湖水涤荡了我这颗落满尘土的心。只是，在南国的秋天里，一个人难免有些孤单、落寞。

在一腔粤曲的唱词里，南国的秋天真的来了。

它一来到这个城市，便占领了这片湖水。而这片湖水，又承载了多少人的城市心情和乡村情结呢？而我更愿意相信，这片湖水是这个城市的眼睛，它将看见每一个城市人不一样的表情和人们不同的生活，以及一个异乡人身在南国为生活奋斗的无尽岁月。

让人安慰的是：通过它，我们可以隐约触摸到这个城市的温度；通过它，我们依稀可以照见每个人每一天都必须面对的自己。

无名之河

在川东这片神秘的土地上，我一出生，那条河水就存在了。

在我之前，它还存在了若干年。然而，它太朴实了，以至于史书上没有任何记载。翻开祖先留下的族谱，对故乡的这条河流的唯一记载是，这条河养育了村里的人，是人们赖以生存的必不可少的水源。

这是祖先留给我对这条河肤浅的认识，它没有根系，源自哪里不可而知。以至于在很小的时候，我常想沿着这条河往上游走，一直试图走到河流的源头。

然而，未能如愿以偿。

而更多的时候，我想顺着这条河流动的方向，往远方走。

祖先留给了我们这条无名河，也同时留给我们这片贫穷的土地。我们在这片土地上生长，然后沿着河流的方向，去往远方。它途中流经白河，流经东溪镇，然后在一夜之间便融入这浩浩荡荡的长江之水了。

祖先留给我们瘦骨嶙峋的山脉，也留给我们村庄和田园，还有那贴着泥土的生活。人们延续着祖先夜以继日的劳作和满堂儿孙、后继有人的古老风俗。

这是这片土地所赋予的生活。然而，只有这条河，是祖先给我们留下的最珍贵的遗产。无论是在这片土地上继续留守的乡亲，还是早已背井离乡，漂泊在外的游子，他们的血液里都汹涌着故乡的河流逶迤的浪涛，汹涌着这条河流百折不挠的品性。河流所拥有的美好品质，她所哺育的子孙们也同样具有。

故乡的河从古老的岁月里缓缓流出。她日夜不停地流淌，心无旁骛。她流经的地方，大地上便长出了村庄。有了这条河的存在，村庄就在这片乡土扎根了。村庄的历史河流最为清楚。村庄里的人们日出而作，日落而息。河流见证了他们的贫穷、饥饿。也见证他们的丰收、勤劳，见证了乡村人们的生活。

朴实、善良的人们在这片土地上默默地耕耘，生活，老去。他们生、老、病、死的一生，都与这片大地上的水域有关，与这条河流密不可分。

一清早，村庄醒来，河水也安静地醒来。村庄的人们就在这条河里挑水来喝。只有这个时候的河水是最清澈的，最甘甜的。最早起来的人一定是村子里的单身汉老五叔。老五叔总是比其他的人起得早。

村子里的人老是打趣地说：“老五，睡不着啊！这么早就爬起来了。”老五叔只是微微一笑，露出一口黄牙。人们总是调侃老五叔没有老婆，是单身汉。

不久，这条挑水的路上便人来人往。张家大婶见了余家媳妇也总会玩笑几句，怎么男人不来挑水，你来挑，心痛男人啊？言外之意大家心知肚明。

偶尔也会见到几个年轻瘦弱的孩子来担水。那时，我也是其中一个。我大概十一二岁就开始挑水，挑着水桶走一段歇一会儿。到老屋的时候，水桶磕磕绊绊就只剩下半桶水了。但总是坚持要把水缸灌满。那时候，无论怎么累，都要狠咬牙将水缸装满，这种性格也深深影响我以后的生活。这一缸明晃晃的水，刚好够这一天里，一家人做饭、饮用，还有牲口的用水。

在这里，河水成为村庄里人们的饮用水。

渴了，用瓢舀水，咕咚咕咚一股脑地喝下去。我现在还回想得起，那凉透骨的河水是如何灌进我身体里的胃的。于是乎这条河就沿着人们的喉咙流进了血液里去了，然后，流出汗，流出泪，流出血。

河流已经融入身体，成为少年身体里的血。

河水喂养了村庄，也喂养了村庄里的人们，喂养了我。我是喝着那条河水长大的孩子，也是沿着那条河流走向外面世界的孩子。

故乡的河从古流到今，一直孜孜不倦，流向远方。她带走了多少乡村的故事？她养育了这一方贫困的人们，却又给了他们皮包骨头的生命。

后来长大了，顺着这条河一直往外走，然后再看见一条大河，那便是长江。这条河只是长江千百条支流中的一条，她遍布在大地上，像是祖国母亲的一条毛细血管。后来的有一天，我沿着那条河，走向了遥远的城市。在外读书、工作，回乡的次数是少之又少。但这条河却一直在我的身体里流动。她已经流进了我的生命的血液之中。在城市，我每走一步，身后都跟随着一条没有名字的故乡的河流。

我想起那年夏天在那条河水扎下的一个又一个猛子，想起幼时挑的一担又一担河水，想起在河流之上抓过的一只又一只的大螃蟹，想起在河流之上走失的童年的伙伴，还有那些乡村淳朴的故事。

河水越来越瘦了，还是那么孤独地流动着，那是一条流向远方的河。

离开故乡十年之后，再一次踏上了故土，才发现村庄已经破败不堪了，石板桥两头的黄果树还在，历尽沧桑的样子。河水还在继续流淌，只是越发清瘦了。

水流之上，还是那么安静与孤独，那里住着我的故乡。乡里的人们大量地涌向了城市，只剩下这条河流了。她越来越瘦，是因为承载了离乡人的相思之苦吗？

“仍怜故乡水，万里送行舟”，古已有之。乡村走向城市是大势所趋，大城市，大生活。然而，城市也终须走向乡村，亲近自然，享受这乡村漫无边际的安静与孤独。

多少个城市的夜晚，在城市的人流里，我想起那条故乡的河。想起那些与那条河有关的故事和人，心里又增添了一些怀念。她一直在流逝，通往遥远的异乡。她让我在这个城市不至于像漂泊的浮萍，活得没有故土，活得没有根系。

如果，有一天我在外面迷路了，我便可以顺着这条河，溯流而上，就可以找到我的故乡，找到我的来处。

不管我的身体有多么衰老，灵魂的负载有多么虚无，身体里的血永不干涸，我依旧是那条无名河上的那个忧愁的少年。

大河潜流

和所有的河流一样，一条河经过村庄的时候，人们就会搭桥过河。

石桥就这样存在了，它的历史也不可考证。村里的人没有谁讲过石桥的历史，仿佛大家一出生它就存在了。但这座桥，桥墩硕大，桥面上大块石头横卧在桥墩上，长约丈余。曾经一度我不知道这些石头是怎么放上去的，小时候我常常一个人孤独地想这些无用的问题。桥下面还修了一个堤坝蓄水，以便村里的发电站使用。

这一河水，满满当当的。大河堤坝之上，一到夏天，村里的孩子们就开始在这里游泳，一个猛子扎下去，半天才从河水的上游冒出来。然后用手猛地摸一下脸上的水，头发贴在脑袋上，像只落汤鸡。村里的孩子们每次都会比试比试，看谁游得快，看谁游得远。

然而也有一个猛子扎下去，再也不见人影的。

于是大人们就打开堤坝的闸门放水，然后看见那孩子头朝下，深陷在河水里面的淤泥里。那情景惨不忍睹，我们也不止一次看见。春江、长水都是水性极佳的伙伴，也就是在那一个夏天，河水就将他们的魂带走了。

人们就开始传说河里有溺死鬼，专吃小孩。于是一时人们都开始散布各种水妖的传说，说是老五叔看见一个淹死的女鬼，站在河流中央，吓得村里的孩子们都躲在家里不敢出来。

大人们也不再让我们到河里游泳了。

一经发现，便棍棒伺候。更有甚者，被吊在堂屋中央，用荆条抽，抽得遍体鳞伤，哭爹喊娘。虽然知道河水危险，河水会吃人，但我们还是常常偷偷去游泳。

我们首先做好隐蔽工作，头上顶着荷叶在河水上面游动，我们的身体成了长在水里的莲藕。

但村庄在上，河流在下。

我妈从老屋窗户伸出头来就看见我又在那片河水里了，像一只掉进水里的野鸭子。那几招凫水的动作我妈已经很熟悉了，一看便知是我。于是，再也顾不上贤淑、善良的美名，扯开喉咙就开始骂。

我妈骂道：“不想活了你。”

那时的我才七八岁，但水性已经很好了。

从小便在这条水路上游走，水性天然，在这个村子里就没有不会游泳的孩子。孩子们约在一个秘密的地点集合，逃离大人们的视线，亲近这片远古流淌而来的河流。

我们的身体与五谷杂粮有关，与水有关，与这条通往远方世界的河流有关。有关生命的繁衍，有关那条河流全部的秘密和秩序，凡是一切与水有关的，都是柔的，有着苦难洗涤之后的坚强与质朴。

我和众多的乡村孩子一样，像一条黑鲫鱼，在这条河里游来游去。与水相亲，与水相融，水就是我的血液。就这样，与这条河有关的点滴，伴我们度过了整个童年。只是遗憾的是，在我童年的玩伴中，春江和长水，他们的鬼魂就永远留在这条河里了。

我还记得那年夏天的春江和长水，从大河堤坝上一个猛子扎下去的灵巧的身影和脸上带着的傻傻的笑。那些画面，被定格在那里，有一种说不出的悲伤和愁苦，仿佛笑在那里凝结住了，找不到一个笑的理由，只是有着痛苦的记忆。

我想，他俩的名字都和水有关，注定要和这条河永远守在一起，一直到很久远的年代。

石板桥横跨在河水之上。桥的两端是几棵巨大的黄果树，叶子之间互相交映，将石板桥和堤坝外面的小石板遮盖，只洒下几处斑驳的阳光。

天气太热了，人们就到河边来歇凉。那些五大三粗的男人光着膀子躺在石板桥上，呼噜声如雷贯耳。女人们在桥外的石板上洗衣服，有说有笑，张家长李家短的。她们用木板捣衣，让人想起“长安一片月，万户捣衣声”，但难免夸张了些。

由于堤坝蓄水之后，小孩接二连三被河水吃掉好几个，村民决定打开堤坝的水闸。河水通过沟渠引水，到另外一个水渠，以便电厂发电。

慢慢地，堤坝内的淤泥便被水冲刷走了，留下了光滑的石板和鹅卵石。堤坝内形成了一个浅浅的水潭，堤坝外也有一个小水池。

闷热的夏夜，天刚黑将下去，堤坝里面便成了女人们的世界。她们脱光了衣服在小水潭里，洗掉一天的劳累和辛苦，舒缓一下疲倦的身体。但也得是身体强壮的女人，身体瘦弱的女人往往受不了水的凉气。

而堤坝外却是另外一番情景。

男人们一丝不挂在小池塘里泡澡。晚上凉风习习，男人们一边洗澡，一边拍打着肚皮，一边和里面的女人打情骂俏。后来不知道是谁，从堤坝外的闸阀潜水到了堤坝内的水潭，摸了谁家媳妇的奶子。里面的女人顿时惊叫一片，然后是骂声一片。

后来有人猜测是村子里的老五叔，理由很简单，老五叔是单身汉。当然后来的事实证明，她们最终还是冤枉了老五叔。

但那时，所有和情色有关的事情，似乎都与老五叔有关。

风波事件之后，很多女人骂人的时候，就骂那一个不要脸的，不敢光明正大，只敢趁着夜色偷偷摸摸，但就算这样，也丝毫没有减退女人们在这小水潭里洗澡的兴致。

恰恰相反，要是再有男人潜到里面去，先是两个女人先把闸阀给堵住，然后再把他揪出来，于是就有了两个女人做把守堤坝闸门的卫士。后来有一天，天黑得较早，堤坝里面陆陆续续有了女人开始洗浴了。不知道后来是谁惊叫了一声，被一双大手摸了一把，长水他爸就这样被逮住了。

然后全村都在骂这个男人是色鬼，没有规矩，没有教养，偷偷摸摸地搞些见不得人的勾当，难怪儿子会被水淹死。但是谁也不知道，长水的爸爸在那一天神魂颠倒，只是寻着他儿子去了，他顺着流水往里游啊，游啊，以为抓住了长水，却抓住了一个女人的大腿，接着自己就被一群女人揪住了头发。

只是，长水他爸也没有解释，一直喊着长水、长水。之后，长水他爸就疯了，他喜欢坐在堤坝上，看着流水，发呆。

这件事之后，再也没有类似的事情发生过。

女人们在里面的水潭洗浴，男人们在外面的水池洗澡，偶尔说着一些荤笑话，那夏日夜晚的河流却异常生动。我们混在大人们中间，在这个小水池里游来游去。但始终没有大河堤坝蓄水时，那一大河水来得自在。

之后的很多年，人们遵守着这个规矩，像是遵守着某种古老而淳朴的仪式。河流洗去了人们身上的纤尘和疲倦，洗掉了这一天的尘杂和喧嚣，但却洗不掉这辛苦劳累的命运，洗不净贴着大地的身体，洗不掉那原本朴素与天真，洗不掉面朝黄土背朝天的生活。

大河潜流。

河水，一直在岁月深处流淌，在我的身体里汹涌……

人生的学徒

时间已经过去了很久，我还是会想起那些日子。

它镶嵌在岁月深处，如同岁月清澈的眼睛。每一个日子都历历在目。也许，时间越老才越值得去回忆。

马尔克斯在《百年孤独》里说："无论走到哪里，都应该记住，过去都是假的，回忆是一条没有尽头的路，一切以往的春天将不复存在，即使最狂热最坚贞的爱情，归根结底也不过转瞬即逝，唯有孤独永恒。"是的，回忆是一条没有尽头的路，过去了的都成了空，我不断追索，却是人生路上永远的学徒。

幼小的时候，生活在乡下。那些打满补丁的生活里，我还只是一个什么都不懂的孩子，开始接受生活的洗礼。及长大，每一年开学，我和哥哥读书，都需要筹钱，找亲戚家借钱，才可以上学。有一次开学，正缺钱，一家债主却苦苦催债，要我们马上还清。母亲怎样求情都不行，最后东凑西凑才还清了那一千块钱欠债。然而那一年学费的事情却犯难了。母亲卖掉家里积存的很少的粮食，卖出去的那一刹那，母亲的眼里闪着泪花。以至于每一年，母亲都要我立下保证，好好读书，考第一名。那么多年过去了，这件事情还一直在我的心里，无法释怀。

现在想想，那些压在我幼小的心灵上的重担，从来都不是母亲要求的第一名。在那个年代里，生活带给人贫困，也带给人的无穷力量。因为，人一生下来，就无从选择自己的出生，这是改变不了的。在那些打满补丁的年月里，唯一可以做的就是去改变自己的命运。

如果说母亲教会了我勤劳、善良，那么，这些艰难的日子教会了我坚韧，教会了我穷则思变，教会了我不去抱怨生活本身，而是怀着一颗对旧日子感谢的心，我是这些苦日子的学徒呢。

到了中学时代，家里的经济有了一些改善。父亲为了我们能够上学到了外地去做泥水工。父亲长期在外地，湖北、云南、贵州、福建等地都是父亲做工的地方。那时候我们一家人都靠写信来互相支持着这生活的苦。父亲说，就算是砸锅卖铁也要供你们兄弟两个上学读书，你们考到哪里，我就支持你们到哪里，但要是没有考上，那也就不要怨我，就跟我一起做工。那时候，对我来说，读书是多么重要的一件事情啊。

父亲每一年会回家一次，长年生活在外，每个月辛苦赚来的钱几乎都寄回到老家。后来听同乡的人说，那时候在福建，父亲在工地上几次晕倒，但父亲还是坚持着做工，因为一旦停工，就意味着家里没有经济来源，我和哥哥只能停学。父亲舍不得买肉来吃，常常去菜市场拣一些枯黄的“落脚菜”。这是后来的同乡对我们讲的。父亲在外有很多的不如意，一次还在信里写到在做工时一个想欺负他的人，想赖父亲的账，父亲抓住那个人的裤裆，要那人知道没有谁可以被欺负。

父亲来信说，该得到的东西一定要拿到手，不属于自己的东西不去苛求。父亲还在信里说，我在外的生活很好，你们母子平安，身体健康就是福。家无钱财不富，不生病就是富裕。望你们努力，能够做出自己的一番作为。父母不能给予你们什么，你们要靠自己去创造。

那一年哥哥考上了军事大学，县里的电报打到了乡里，乡里的邮递员将电报转给了我们。记得那是八月底，我和哥哥在老屋外面的打谷场上晒谷子。听到消息，哥哥兴奋地跳了起来。平时不多言多语的哥哥，那时候如同排山倒海地爆发，围绕着打谷场跑了好几圈，那种欣喜无法形容。那时候父亲在福建打工，母亲说，给你爸爸打个电报吧。电报说：考上军校，勿念！父亲收到电报之后，放声大哭。我想父亲一辈子那么坚强，那一声哭泣里，有多少作为一个父亲言不由衷的诉说。父亲读了小学三年级便辍学，他的老师"三顾茅庐"，三次劝说父亲去读书，不然浪费了一个苗子。但由于家境衰落，祖父离世，已经没有办法支付上学的费用了。因此，父亲把所有的希望都寄托在了他的儿子身上。我想，一个男人肩负一个家庭的重担和责任，那担子真是太沉重了。

父亲本想回老家，因为会有很大花销，还是决定不回。父亲写了一封很长的信，我们母子三人看着那封信，都流了眼泪。哥哥上学的时候收到了父亲的电报："我儿，一路顺风！"哥哥拿着电报单，半天没有说话。再后来，我也如愿考上了师范院校，一家人的愿望终于能够实现。

可是那些信却终因为当初没有意识到它的重要性而遗失了。那是在贫苦的日子里，一家人相濡以沫，继续生活下去的精神支柱。那是一笔什么也比不上的财富。

父亲在信里说：十年寒窗无人问，一举成名天下知。

父亲在信里说：世上万般皆下品，思量唯有读书高。

父亲在信里说：少时不努力，老大徒伤悲。

父亲在信里说：为人不做亏心事，半夜敲门心不惊。

父亲在信里说：由俭入奢易，从奢入俭难。

……

那些被父亲写了千百次的《增广贤文》带给我们无穷的动力。那些日子里，信件成了我们一家的精神支柱。父亲教会了我们贫苦不可怕，可怕的是一家人丧失了相濡以沫的精神，贫穷没有什么可怕，可怕的是缺少了面对它、战胜它的决心。

在人生路上，我始终是一个学徒，学会了做什么都得靠自己去努力，没有平白无故的成功。做什么都需要一种精神，唯有精神不垮，就没有什么可以摧毁。

而如今，我和哥哥都在城里生活，有一份比较体面的工作。父母也被接到了城里，生活条件有了很大的改善，父母也开始安享天伦之乐。但父母还是那么节俭，对自己还是一贯严苛。出门买菜，因为几毛钱差价宁愿到一个更远的菜市场去买菜，记得母亲为了去买一份三块五的豆腐，很早就要出门，不然豆腐就卖光了。

在父母的世界里，他们仍然不会忘记那些清贫的日子。那些日子已经深深印在他们的心上，怎么也抹不掉了。当我们在工作上遇到困难时，母亲常说，那时候，饭也吃不饱，为了你们，能吃的苦都吃过了，再也没有过不去的坎，翻不过的山。母亲还是那么有精气神，但是母亲毕竟老了，父亲也老了。

母亲说这些话的时候，眼睛停顿在那里，仿佛回到了那些乡下的日子，回到了那些饥肠辘辘清贫的生活。

回忆是一条没有尽头的路，这么多年过去了，回忆起来，总是充满了苦涩，也充满了幸福。一路上那些曾经拥有的记忆还在，那些艰难的日子还在，那些一家人的亲情还在，那些写过的信虽然遗失，但信里的内容，字字句句清晰的笔迹还在……

在无尽的岁月里，我是那个在人生路上不断跌倒又不断挣扎爬起来的学徒。我一生都在学习如何面对苦难，如何面对现实的生活，如何可以更好又人模人样地生活着。为自己，更为家人，也为了那些还在遭受苦难的人们。生活会教会我们一切，我们还将在人生这条路上，继续生活下去。

火车穿行在川东土地上

很久没有这样激动过了。

火车在川东土地上奔驰，载着我失却多年的愿望与背井离乡的思念。

它穿过山洞，进入腹地，越过平原，然后是一声长长的辽阔的轰鸣。于是，在这个黄昏逐渐燃起的愁绪，越演越烈。然而，近乡情更怯啊！火车奔驰的速度，如同我内心的紧张与惶惑，同样让人感到不安。

在火车哐当、哐当的行走声里，我的思绪一片空白。大概是很多年没有回过家乡的缘故，面对川东这片熟悉的土地，我竟然觉得有些陌生。这种陌生的情绪一直在旅途上蔓延，让人喘不过气来。又或许是不敢急于相认的缘故，整个旅途，丢了魂一般。我极力回想着那片我曾经熟悉得不能再熟悉的川东大地，极尽搜肠刮肚之能事，也找不出一丝蛛丝马迹的回忆。直到黄昏降临，熄灭了这一天的奔波与劳顿，透过车窗，我看见在那片川东的原野上，炊烟升起在黄昏的村庄。那一刻，我的眼角竟然有些湿润。恍惚之中，我以为是母亲在灶膛里燃起了炊烟，召唤我回家。

火车经过一座座村庄，穿过一个个村庄的黄昏，在川东大地上踟蹰行走。车窗外飘过的一个个草垛，在秋收后的田野里放牧的一群群牛羊，那带着草帽在田野干活的农民，那些在水田里扑腾、扑腾低飞的不知名的鸟……在黄昏的衬托下，总给一个旅途上的人温暖和诗意，也总能够勾起人们太多温暖的记忆。

这让我想起，在很多年前，父亲独自在黄昏的大地上耕种。在乡村最后一缕飘散的炊烟里，父亲扛着农具，赶着牛，走在回家的田埂上。斜阳西下，父亲和牛都被镀上了一层金色。在黄昏的时候，我常站在村口，或爬上那棵黄桷树的大枝丫上，扯开喉咙喊父亲回家吃饭。山峦、大地上回响的都是我呼喊的声音。直到看见父亲浑身泥土，哼着小曲出现在村口。然后父亲用他那沾满泥土的手，轻抚我的头，说道："二娃子，饭熟了？"我只是笑了笑，什么也没有说。我和父亲一起走进村子。黝黑的我，真像父亲的一头小牛犊。

那时，我还是一个乳臭未干的乡村孩子，带着一种乡村孩子固有的傻气和淳朴，深深地热爱着这片乡村土地，同样也真切地向往着外边的世界。后来，在这片川东的土地上，我像一头牛犊一样慢慢长大。再后来，我成为这个乡村为数不多的大学生。于是在那个乡村的黄昏，我开始离开这个村子，在母亲为我燃起的最后一缕炊烟里，我坐上了远行的列车——那一列绿皮火车，去往远方。母亲在车窗外一边向我挥手一边抹眼泪。毕竟那是我第一次出门远行。那一年我十八岁。母亲希望儿子有出息，但又舍不得儿子。远行的火车在那片原野上行走，不时发出鸣鸣的轰鸣声。我坐在火车的硬座车厢里，看着这渐行渐远的村庄，心中充满了走向大都市的激动与喜悦，全然没有离开村庄，离开家乡的感伤。只是从那一次乘坐火车离开村子，中途又间杂着回过屈指可数的几次家乡外，就很少回那片土地了。一直到 2004 年，我将要南下，将永远告别那个村庄的时候，我租了一辆桑塔纳从县城驾车回去看了看那个村庄。那也是在黄昏时刻，我站在山梁上，看见我居住的那个院落，在黄昏夕照之下，是那么荒凉、落寞，也那么安宁。村庄之外是那条日渐干涸的小河，如同妈妈这一生流干了的眼泪。我的泪水一下子就流了下来。我知道，我将永远离开那里，在远方的城市里，做一个永远的异乡客了。

我时常想着那片土地。那片川东大地，贫瘠、荒凉，热情、落寞的土地。瘦骨嶙峋的大地喂养了那些生活着的人们，喂养着那些不断追求着的人们，也同时喂养着那些背井离乡、长年漂泊的人们。在城里生活多年以后，特别是，父母也随着到了城里以后，才发现从那一次坐火车离乡开始，我和身后的那个村庄越来越远。火车将我和故乡的距离拉远，但火车又像一条纽带，一头是我的川东故土，一头是我生活的城市。在城市生活久了，我发现自己和乡村有着一种遥远的隔膜。那让我朝思暮想的土地，曾经哺育我给我养分的土地，只成为我茶余饭后的一种闲谈和叹惋，多年来在文字里追寻。我试图再回到那个村庄，就算只是回去老屋看看也好。但这些年在外生活的疲惫与繁忙，使我始终没有成行。只是，在骨子里，我依然流着那片川东土地的血液，那是川东汉子引以为豪的精神食粮。多少次了，我仿佛还是那个在川东土地上奔跑的淳朴、憨厚的乡村少年。

以至于现在，火车经过这片川东的原野，我的思绪潮水般汹涌。看着车窗外这一片辽阔而又崎岖的川东土地，那些乡村的画面像梦一样在我的记忆里播放。多年来的牵挂和念想在这一瞬间排山倒海而来。我似乎真的看到父亲扛着农具，走在田间地头的身影，我还是那个在乡村的黄昏，站在村口呼喊父亲的少年。母亲在老屋昏暗的灯光下，为我打点行装，将送我远行……记得那一年，我刚好十八岁，我带着母亲的叮咛与乡亲的嘱托踏上了离乡的漫漫长路。

原以为离开故乡，离开那片贫瘠的川东土地，在城市扎根，就可以实现所有的梦想和抱负。然而，这么多年来，从川东到南方，我却像一棵来自乡间的麦芒，在城市的大街小巷穿梭。在城市密集的钢筋水泥的森林里，我们始终是那样游离的所在。当某一天，从城市的梦中醒来，我再也听不见清脆的鸟叫和蛙鸣，再也看不见母亲在黄昏燃起的袅袅炊烟。人们之间相互漠视，各自独守自己狭小的房间，老死不相往来。那时候，我们便开始怀旧了。于是，人们开始思念起那曾经千辛万苦想离开的乡村土地，开始寻找那梦想与生活的发端与始末，开始走上漫长的返乡之路。我想起英国作家迈克尔·翁达杰的话："我们都是世界杂种，生在一个地方，又去别的地方生活。一辈子都在挣扎，不是为了回到故乡，就是为了离开故乡。"于我而言，我始终相信，现在的我，身体是城市的，我的心却是乡村的。

就像现在，火车穿行在这片川东土地上，我心中却越来越惶惑不安。十几年过去了，故乡还是旧时模样吗？那片曾经熟悉的川东大地，那片我朝思暮想的家园故土，高速路从村庄上空穿过，打工者的步履渐行渐远，乡村的黄昏人去楼空，那片土地也与我越来越陌生了。

也许，在这片大地上，我只是一个长年漂泊的游子，黄昏燃起的炊烟是联系我和故乡的脐带。也许，我是我生活的这座城市里一个孤独落寞的异乡人，永远在追寻的路上。

（此文曾被选为四川省攀枝花市2016届初三语文模拟卷阅读题）

一捧故乡土

很多年前，我有一段异常艰辛的乡村生活。每天早出晚归，经常流汗劳动，身上裹满了泥土，轻轻一拍，便尘土满面。那些庄稼们在泥土里生长，在阳光里发芽，把根深深扎在泥土里，离开了泥土，庄稼的命就没了。小虫子们，在泥土里翻滚，打着哈欠，它们和人互相不打扰。孩子们在泥地上打滚，满嘴的泥土，往往被大人一顿臭骂。

我们走在那条田埂上，卷起了裤管的日子，我们笑着走过去时，是否惊扰了那一大片麦子的生长？五月的麦地，我们躺在大地上，我们和麦子一起生长。麦子从泥土里钻出来，抬起头望了望外面的世界，阳光正好。那时我们还是一个乳臭未干的孩子，打着赤脚，在大地上到处乱跑、瞎晃。等到麦子熟时，磨得发亮的镰刀再也闲不下来，它将行使它的使命，在天亮之前，将那麦田里的麦子放倒。而更多时候，我们将听到麦子的疼痛声，然后它将脱离这片乡村土地，去往远方城市的粮仓。

在很长一段时间里，我以为我是从泥土里长出来的，和那青青的麦子一样。曾经一度，我是那么讨厌这些泥土满面的生活。下雨时，满是泥泞的土路。稻田里，深陷在泥水里，几乎抬不了脚。我总想着有一列开往城市的火车，把我带向外面的世界。在某一个清早，我像一颗收割的麦子一样，离开了这里，去往远方的城镇读书。我像一颗行走的麦子，试图逃离这尘埃满面的生活。

去县城的那天，母亲从自留地里挖了一捧土，放在布袋子里。母亲亲手把它交给我，我把它放在我的背包里。从求学时代起，那一捧土一直陪伴着我。依照乡里人的说法，一个人在外面，怕水土不服，这一布袋泥土，便是解药。

大学毕业之后，我在城市工作，很多年过去了，我一直把那一布袋泥土带在身边。现在，我把它挂在书房里。那袋子是米黄色的布袋，是母亲亲手缝制的，袋子里的泥土已经干枯，成为硬硬的一团，已经嗅不到泥土的气息了。但它在很长的时间里，在我漂泊异乡的日子里，它曾经陪伴了我多少个日夜，它便是故乡的代名词。

母亲后来也离开乡村，随着我生活在城市。有一年，母亲回到乡下，硬是从乡下弄回了一株香椿树苗。母亲说，香椿炒肉很香，但只有乡村里才有，于是心生一计，从乡下带回了这株香椿树苗，树苗的根部还保留了原来深黑的泥土。母亲将香椿树苗种在阳台上，她希望有一天，能够吃上香椿炒肉。但令母亲失望的是，这株香椿树苗不到三周就枯死了。母亲说，原来，一棵树要比人更加水土不服。

在城市生活了很多年，我如同那株香椿树苗，在城市里晃荡，很多时候，有些水土不服，那片土地的生活已经离我越来越远了。很多的亲人和朋友都在城市里生活，我们很多的事情都离不开城市，信息、交通都是那么便捷。但日益增多的高楼大厦，好像是大地上长出的庄稼。我们每天走在这条上下班的水泥地面上，不知道什么时候起开始觉得很陌生、漠然。那些钢筋混凝土的怪兽张牙舞爪地扑向了我的生活，再也嗅不到泥土在阳光下散发的气息，我们的田园都到哪里去了呢?

不知道什么时候起，我开始厌倦这样没有泥土的生活，和当初离开乡村时截然相反。开发商们将一片又一片的土地建设成为了高楼，稻子和蛙声已经被城市的中央喷泉所取代，一个失却水土的城市，就像失却了泥土的麦子，就像水土不服的香椿树，它将扎根在哪里？它又会走向哪里呢？我时常在书房看看那个泥土布袋，布袋子上浸满了泥土的印记，泥土的味道已经消失殆尽。但在我漂泊他乡的日子里，当初母亲装进布袋里的那一捧故乡的泥土，是我还依然保存着的一小部分故乡。

向大地认领故乡

在城市生活久了，我真想结束这些居无定所的漂泊日子，回到乡下去。我想回到长江边上的那个小村子里去，回到那一片青翠的山峦和碧绿的田园去，回到那个曾经年轻的老屋子，修缮老屋，将父亲遗落在乡村的几亩田地重新种上庄稼，过一个庄稼人的生活。

我的故乡在川西南的一个小村庄里，和众多的中国小村庄一样，拥有着自己的地理经纬、民俗民风、方言俚语，以及来自血脉深处独有的长江文明。当初离开故土之时，我是企图去外面的世界寻找，寻找人生的价值和生命的要义。但这一路上的跋涉，经历过山川、湖泊，我如同涸辙之鲋。近乎枯竭的生活，需要生命的恣意汪洋。城市里的文明太现代了，太绚烂了，太快速了，也太泛滥了。在每一个城市的夜晚，霓虹初上，我总想一个人能够静下来，面对自己，和自己谈谈。但城市发展的浪潮将我淹没在蒙昧与无辜之中，让我毫无头绪可言。

我想我是应该停下来了。我想着能够回到乡下去，去看一眼村口的那一棵上了年纪的老槐树。春天的时候，它开满了花，朵朵都是人们的愿望。站在树下的人，是要沿着那条月光下的小路去远方的镇上。人们在大地上劳作，日出而作，日落而息，过着淳朴的田园生活。老屋前面的空地上，鸡犬相闻，孩子们在玩跳房子的游戏。月光之下，他们数着天上的星星，唱着川西南独有的民谣：天上的星星，眨呀眨，你能不能给我画一幅画；天上的月亮，走呀走，你走到了我的家门口……

我总是这样想着，仿佛丧失了在这个城市的远大的理想。但我相信，村里的人会接纳一个如此懦弱的人，会接纳一个曾经出生在这里，长在这里的孩子。那条流向远方的河流一定会接纳我，即便我当初顺着河流去往了远方的世界。大地上的庄稼们也会接纳我，还有那山坡上迎着阳光微笑的杂草，也会接纳我曾经坐在草地上的鲁莽和粗犷。

我想着我要在这里大干一场。回家的当夜，月光正好，我要修缮老屋，在老屋的木床上做一个甜美的梦。我要开垦一片地，那片地是父亲离开时留下的，上面长满了杂草，但我不在意。我要开垦一块地出来，乘着月光，我要撒下种子。我知道这对久未拿锄头和铁锹的我来说，有些困难，但我也毫不在意。我要赶在冬天之前，在大地上种下麦子。冬天就要过去了，我期待一场大雪突然而至，在温暖麦子的同时，也洗涤我甚嚣尘上的心灵。

我总是这样的幻想，请原谅我的天真和孩子气。在离开乡村近二十年的时间里，我们都企图回到故乡。我们都太理想主义了，在城市生活了那么多年，也一直没有成行。于是在去年，终于有了闲暇时间，我准备一个人从遥远的外省回到阔别已久的故乡去。坐在从广州开往重庆的火车上，窗外的城市离我越来越远。火车载着我返乡的愿望，一路狂奔。一路上路过多少村庄，经历多少人间烟火。

古人说：近乡情更怯。离故乡越来越近时，我的内心却充满了胆怯和不安，故乡还是我曾经的那个故乡吗？我有些担忧，并莫名地惆怅起来。

下火车之后，已经是深夜了。我再次坐上了去往故乡的大巴车。经过五个小时的颠簸，终于到达了故乡的县城。在县城里住了一晚，窗外是滚滚而去的长江。长江更平缓了，三峡大坝修建好后，水位上升，这个县城已经完全变了样，感觉一切都是陌生的，只有那一江水，从古至今，还在亘古不变地流淌。天亮时，我坐在回乡的小型客车上，方言充斥的客车上，每一个人仿佛都是我的亲人。

而当站在我熟悉的村庄面前时，我发现曾经律动着无限生机的生命个体不存在了。村庄暗淡下去了，衰草连天，田园一片荒芜，村庄的屋子破败不堪，乡村只剩下老人和无人看管的小孩。不得不承认的是，乡村越来越荒凉了。青壮年们都去城里打工了，他们在某一天背着行李，怀着欢欣鼓舞的心情在春节过后乘着南下的列车去往了遥远的广东或者其他的省市，向全国各个城市一拥而去。火车载着他们去往远方的世界，和我当初一样，当初我离开故乡去外地求学，毕业后又留在了远方的城市。而他们在异乡的城市里，做一个城市的打工者。他们迷茫着、困惑着，被生活的流水作业扔在了一个又一个的站台上。他们试图携着梦想前行，却又无法把握自己的命运。城市太繁华了，未来不可而知，而乡村又太荒凉了，他们又能够回到哪里去呢？

当我真切地站在故乡的大地上，面对如此颓败的乡村景象，我的心里五味杂陈。我痛心的是，我曾经熟悉的故乡到哪里去了？面对这衰草连天，丧失了生机的庭院和田园，我的心在滴血。我在这近二十年苦苦思索的故乡，如今她的美好而让人痴迷的往事已经不想再提起，她如今的处境和未来又如此让人担忧。

是的，乡村真的颓败了。那个曾经滋养了中国几千年诗意与文明的乡村，那个曾经在农业文明时代异常繁荣与生机勃勃的乡村，已经一去不返，人去楼空了。我之前所有的理想主义和意识形态的幻想都被现实打回了原形。一个人站在院子里，呆若木鸡。院子里的石缝里长出了杂草，院子的石板上被时光铺上了一层厚厚的青苔。院门深锁，院子里只剩下两户人家了——两个形容枯槁的老人。他们各自坐在院子的角落假寐，风一吹来，他们就好像被风吹走。残破的庭院和行将就木的老人是如此的孤苦无依。

如同没落的中世纪文明，乡村已经没落了，所有文明的碎片都在这里聚集。村庄像一个被掏空的鸟巢。土地荒芜了，河流也几近枯竭，人烟稀少，曾经的学校已经不复存在……

乡村的生活遭到了前所未有的鄙弃，不可否认的是，构建了几千年的乡土文明在逐渐走向土崩瓦解的地步。

而那些从乡村离开去往外面的城市打工的农民，他们又能够回到哪里去呢？当城市因为户口等原因无法接纳他们的时候，他们又何去何从？衰败的故乡还能够给予他们多少生命的养分来养活他们日益丰富的精神世界呢？

我站在乡村的大地上，看到现实的乡村，以及田园荒芜的命运，我流下了悲伤的泪水。风干的记忆里，有我无限失落的乡愁。夜晚降临时，大地一片沉寂，村庄里燃起了灯火，零星的灯火散布在大地上。这时，耳畔仿佛回响起那熟悉的童谣：天上的星星，眨呀眨，你能不能给我画一幅画；天上的月亮，走呀走，你走到了我的家门口……

海德格尔说：“诗人的天职是还乡。”

我们还能回到哪里去呢？

青山未老，绿水长流。让我们回到乡村去吧，在乡村振兴的路上迈步向前、怀抱心中理想。因为，在我内心深处，我依然向往着那无比温柔的故乡，那小小的村庄是我在城市生活里永远的精神家园。

我相信，大地上的村庄永远不会消失。正如大地上的故乡，也永远不会消失，每一个渴望回乡的人都可以理直气壮地向大地认领故乡。

大地在，故乡就在，乡村也就在，乡村文明也就不会衰落。乡村文明也将在这个时代散发光彩，它是城市文明的前世今生。我们一直在大地上行走，大地是我们永恒的故乡 。

故乡永在

十几年前，当我离开故乡之后，沿着长江流浪，心灵也曾因为熟悉的乡音而感动过。有一年在南京沿江码头，听到那一声熟悉的乡音，我的心为之一颤，几乎有些想要落泪的冲动。那声音是我所熟悉的，但我知道故乡在我的世界里仿佛消逝了。

在孤独的异乡，能偶尔听到熟悉的乡音，如同遇到知己，心里便有了亲切感。乡音里有故里的消息，因此想起那些故去的人和事，心灵因缅怀祖先而得到慰藉。江水永逝，生命因为有了敬畏和珍视，在时间里才有了无穷的希望。

也许是因为离开太久了，有些不堪回忆的痛楚。多少年异乡的生活，故乡被无涯的时间所淹没，记忆零零散散，拼凑不成完整的过往。

犹记那时，故乡的人们，干完了活，吃完了饭，坐在院子里一起闲聊。他们说的都是无关紧要的事情，用着最为俚俗的方言。女人们坐在院子里的小条凳上，有的直接坐在门槛上，你一句，我一句，漫无边际地张家长李家短的，一边闲聊，一边纳鞋底，缝补衣服。那时我还只是一个孩子，坐在一边，听着大人们说话，说那些很遥远年代的故事，说着某人说过的话，那声音充满着调侃，那腔调惟妙惟肖。说到私密的话题时，特别是说到哪家男人时，女人们窃窃私语，会心一笑。而说到生活里那些伤心的事情，眼里又溢满泪水。当然，她们最喜欢聊的话题还常常是哪家的孩子有出息了，在外面混出了人样，赚大钱了，如此云云。

而更多时候，我们会听到女人们因为鸡毛蒜皮的小事斗嘴，有时甚至骂得厉害。乡间地头的事情，拌嘴是常有的，谁家丢了一个瓜，谁家的水田被放了水，谁家的鸡鸭被人毒死了，院子里便开始骂。有的人指桑骂槐，终有人忍不住来接茬，那情形就更加严重。骂来骂去，一来一往，搞得大家不得安宁。婆媳之间，因为分家不均或者其他什么原因，吵起来就收不了场。

回想起儿时乡村的记忆，乡音里的琐事，总有些甜蜜，反而没有厌恶。有一年我回到乡下，听着长辈们聊家常，心里有说不出的喜悦。后来离开乡村之后，耳边一直萦绕着长辈们说的话语，以及他们给我的祝福。

生命因为祝福而变得博大，岁月因为经历而变得沧桑。故乡永逝，那远去的乡音里，有我对家的念想，有我人生最刻骨铭心的记忆，无论我离开多久，将流浪到任何地方，也不会忘记。

现在最多的是给老家的长辈打电话，听他们说起乡里的事情，说说家乡的变化，谁家又添了新丁，哪位老人去世了。有时听着他们说话，自己竟然找不到用什么话来回答，对乡音还是有些陌生了，有的话已经不会讲，讲不好了。就像在遥远的异乡，故乡也渐渐变得陌生而疏远。但长辈的乡音我还是会听，有时听到某一句很地道的土话时，我便会心一笑。和老家的人说话，我也还是会讲家乡话，即便讲得有些生疏，但总是说不出的亲切。

当我在异乡独自生活，在城市的喧嚣与孤寂里，乡音却成为一种期盼，它是暗夜里我无眠的乡愁。通过乡音，我知道故乡的人和事，虽然相隔万里，故乡的样子还依然清晰，故乡的消息还在。

此刻，在孤独的异乡里，乡音未改，故乡永在。

后记

我们永远无法独立于人世之外。我们寄寓在身体这个皮囊里，领受了生命，也欢心领受了生命的初始和任务。我始终相信，每一个来到这个世界的人都是有着他的使命的，也有着和别人不一样的轨迹和路径，于是便有了不同的生活和人生。

这些年，我一直在路上。似乎从未认真想过要过什么样的生活，要过什么样的人生。年轻时，我喜欢有创造力、有激情、不囿于成见的自由生活。但人的一生往往是以“试错”的方式来确定，哪里会有一开始就确定的人生呢？只是慢慢地，那些与生命和岁月争斗的过程便成了我们的一部分人生。

于我而言，从十几岁青涩的写作，到今天散见于报端的文字。这一生我便与文字纠缠，与书籍对话，与生命交谈，与不同的人和生活相遇。每一部分都构成了现在的我，每一部分都不可或缺。

我知道我自己不是天才，诚如鲁迅先生所说：哪里有天才，我是把别人喝咖啡的工夫都用在了工作上。我用文字去感受这个世界的残缺与美好，发现人性的善良与丑陋，去记录我似乎可以确定的一部分人生。这也是这些年，除了繁重的工作，我还一直坚持写作的原因。

这本书里记录了我从北到南的人生经历，以及在南方的城市对故土的深深眷念。有时我想，是不是每一个人都逃不脱背井离乡的命运？是不是每一个在大地上生活的人都可以理直气壮地向大地认领故乡？一个写作者的任务是记录，是揭示，是与命运缠斗。但我写下的文字往往只是限于自我认知，与世界本来的样子还有距离。我试图用我的笔，去诠释我的生命，去诠释我的生活。也许，写作是我的宿命，只是我寻找自己的一种方式。

每一部作品也都有命运，作者一旦写完了，作品的命运便不属于作者。孙郁先生说："作家也好，学者也罢，要知道自己所说，可能与实际有距离，有时候我们都活在幻象里，但我们并不觉得。"写作是我生命的一部分，作家也好，教师也好，都是皮囊外一个特定的称谓，我完成的每一段任务，都是我的一部分人生。

不确定的人生，往往有着美好的期待。当我们直面这个世界时，我们的内心还依然怀着热爱、憧憬以及谦卑。

最后，感谢陈洪金、何光顺、欧阳国胜三位先生对我作品的诚挚推荐。同时也感谢多年来一直关注我写作的朋友和读者。

是为记。

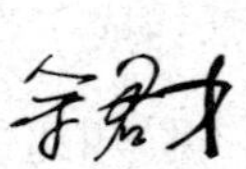

壬寅立冬于广州